無限のスキルゲッター！ 5
毎月レアスキルと大量経験値を貰っている僕は、異次元の強さで無双する

A L P H A L I G H T

まるずし
maruzushi

アルファライト文庫

登場人物紹介
ネルネウス
世界最強の冒険者。
幼い外見《がいけん》だが、
色々とオトナ。
エイミー
病気の母の
世話をする
素朴《そぼく》な町娘。
ヴァクラース
魔王軍の幹部《かんぶ》にして、
ユーリの宿敵《しゅくてき》。
その真の力とは……!?
ユーリ
神様の娘を救った
お礼に毎月倍々の
経験値を貰《もら》えるように
なった本作の主人公。
無限の経験値とスキルで
のんびり最強を目指す。

ルク
伝説の幻獣
『キャスパルク』。
フィーリア
エーアスト国の王女様。
リノ
ユーリの幼馴《おさなな》染《じ》み。
メジェール
伝説の『勇者』。
個性豊かなヒロイン達
ソロル
フラウ
シェナ
マグナ
ディオーネ
アリス

第一章　いざカイダ王都へ

1. 白髪《はくはつ》の少女

僕、ユーリ・ヒロナダは、女神様を助けたことによって、毎月レアなスキルと大量経験値をもらえるようになった。

この恩恵《おんけい》で順風満帆《じゅんぷうまんぱん》に過ごせると思っていたところ、なんと魔王軍の罠《わな》に嵌《は》められ、故郷のエーアスト国を追われることに。そして、そのエーアストも魔王軍に支配されてしまう。

絶体絶命《ぜったいぜつめい》の状況だったけど、無事逃げのびた僕は、幼馴染《おさななじみ》のリノ、勇者メジェール、エーアストの王女フィーリア、アマゾネスの女戦士ソロル、エルフのフラウと一緒に新《あら》たな地で再始動する。

さらには地上最強ドラゴンの熾光魔竜《ゼイン》や伝説の幻獣《げんじゅう》『キャスパルク』のルクが仲間に加わり、月日の経過と共に僕も大きく成長した。

こうして充分に力をつけた僕たちは、いよいよエーアスト奪還《だっかん》に向けて行動を開始する。

魔王軍に対抗する力を得るため、まずはゼルドナ、ディフェーザの二国を攻《せ》め落とした。

その後、ひょんなことからマグナさん、シェナさんのベルニカ姉妹と行動を共にすることになり、最古《さいこ》の迷宮にて僕は強大な力を手に入れた。

シャルフ王の国フリーデンに侵攻《しんこう》してきた魔王軍を撃退《げきたい》したあと、『ヒロ』という架空《かくう》の人間に変装《へんそう》してファーブラ使節団のアニスさんやディオーネさんたちと合流。カイダ国のキルデア砦《とりで》にみんなで向かうことになった。

そこには魔王軍の手強《てごわ》い殺し屋たちがいたが、全て打ち倒して砦の奪還に成功。

無事ひと仕事が終わり、みんなでくつろいでいたところ、魔王軍の幹部《かんぶ》『蒼妖騎士《ケイオスナイト》』が大勢のモンスターを引き連《つ》れてやってきたのだった。

◇◇◇

「これはいったいどういうことだ⁉　オレが少し留守《るす》にしてる間に砦が落ちているとは……何故《なぜ》オレが与えた『厄災の大蛇神《エンシェントナーガ》』を使わなかったのだ⁉」

どこからか戻ってきたらしい『蒼妖騎士《ケイオスナイト》』が、砦の前で叫ぶ。

背後に百体ほどのモンスターを連れているところを見ると、ひょっとして魔物たちを集めに出かけていたのではないだろうか？

恐らく、ヤツこそこのキルデア砦の本当の管理者なのだろう。

やはりというか、僕の元クラスメイトのフクルースや殺し屋たちだけでこの砦を管理しているのはおかしいと思ってたんだ。焦《あせ》って王都に出発しないで良かったよ。

殺し屋たちは未だ口を割《わ》ってないけど、それはこの蒼妖騎士《ケイオスナイト》の帰りを待っていたからに違いない。

まあ特に拷問《ごうもん》とかしてないので、口を割らなくて当然なんだけどね。上手《うま》く喋《しゃべ》らせる方法がないか、思案《しあん》中ってところだった。

何をされようとも口を割るような奴らじゃないけど、あの蒼妖騎士《ケイオスナイト》を倒せば、状況が変わるかもしれないな。

それにしても、引き連れている百体ほどのモンスターはどうやって集めてきたんだ？

魔王軍とはいえ、基本的には魔物を自在に操《あやつ》れるわけじゃないからなあ。

ある程度手懐《てなづ》けるのは上手いかもしれないけど、魔物はけっして魔王軍の仲間じゃない。

……いや、まさかと思うが、蒼妖騎士《アイツ》には手懐ける能力があるのかも知れないぞ。

エーアストにモンスターが集まったり、ゼルドナに一万の大群《たいぐん》が押し寄せたりと、魔王軍の仕業《しわざ》と思うことがあったけど、あれはこの蒼妖騎士《ケイオスナイト》の能力だったんじゃないか？

「た、大変だぞヒロ、またとんでもない奴が現れやがった！　蒼妖騎士《アイツ》の戦闘力は、なんと『厄災の大蛇神《エンシェントナーガ》』すら大きく超《こ》える５１０００だ！　もうデタラメすぎるぜぇっ！」

食後の休憩《きゅうけい》中だった盗賊《シーフ》のケットさんや魔法剣士のヨシュアさんたちも騒《さわ》ぎを知って駆《か》けつけ、相手の戦闘力を称号《しょうごう》の能力で数値化できるケットさんが、蒼妖騎士《ケイオスナイト》の戦闘力を測《はか》った。

確かに、あの怪物『厄災の大蛇神《エンシェントナーガ》』を上回《うわまわ》る強さを感じる。

まあでも、『赤牙騎士《ブラッドナイト》』と同レベルかなあ……

「今回はオイラの『測定者《カウンター》』で計測できたから、アイツは幻術じゃない。本物の蒼妖騎士《ケイオスナイト》はこんなに強いのかよーっ！」

「いや、噂《うわさ》ではそこまで強くなかったはずだ！　くそっ、どうなってんだ、化け物が次から次へと現れやがって……！」

ケットさんとヨシュアさんが蒼妖騎士《ケイオスナイト》の強さに動揺《どうよう》する。

ただ、ディオーネさんとアニスさんは比較的落ち着いている感じだ。

「いや、大丈夫だ、ヒロなら絶対勝てる！」

「そうですわ！　だって、ヒロ様は神様のお使いなのですから」

だから神様のお使いじゃないですって！

二人とも僕をすっかり信用しちゃって、どうやら負けるなんて思ってないようだ。

まあそこまで信頼されてるのはありがたいことなので、ご期待には応《こた》えないと。

僕たちは蒼妖騎士《ケイオスナイト》の待つ外に出た。

外に出てみると、砦の前にはズラリとモンスターが並んでいた。

みんなには砦内で待っててていいと言ったんだけど、何かしら力になれることがあるかもしれないと、カイダ国の猛将《もうしょう》ダモン将軍も含め全員一緒に来ている状態だ。

特にファーブラ使節団のアニスさんとディオーネさんは、『夢魔主《ナイトメア》』戦が少しトラウマになっていて、僕のそばを離《はな》れたくないらしい。

「お前たちか、我《わ》が砦を落としたのは……！」

背後に百体の魔物を従《したが》えた蒼妖騎士《ケイオスナイト》が、怒りをあらわにして僕たちを迎《むか》えた。

『夢魔主《ナイトメア》』の幻《まぼろし》と同じく、二メートルを超える巨体に深藍《ふかあい》の鎧《よろい》を着け、その恰幅《かっぷく》の良い体格はかなりの重厚感《じゅうこうかん》を感じさせる。

『真理の天眼』で解析《かいせき》してみると、『従魔術《スレイバー》』という能力を持っていた。

これは称号やスキルとは違う悪魔特有の能力のようで、思った通りモンスターを操れるようだ。

いわば悪魔版の『魔物使役《しえき》』ってところだろう。ただし、どんなモンスターでも簡単に従えられるわけではなく、何かしらの制限はあるみたいだが。

僕たちが砦に来るときに出会ったスフィンクスやデュラハンロードも、この蒼妖騎士《ケイオスナイト》が連れてきたに違いない。

フクルースが従えていた『厄災の大蛇神《エンシェントナーガ》』も、恐らく真の主は蒼妖騎士《ケイオスナイト》だ。さっき『オレが与えた厄災の大蛇神《エンシェントナーガ》』って言ってたし。

フクルースの『魔獣馴致《じゅんち》』は、配下のモンスターの力を上げる効果もあるので、それで『厄災の大蛇神《エンシェントナーガ》』を任《まか》せたんだろう。

まああの怪物が負けるとは思わないよな。

「解《げ》せぬ、何故フクルースは『厄災の大蛇神《エンシェントナーガ》』を使わなかったのだ。アレを使えば、砦を奪《うば》われることなどなかったろうに。お前たちが何かの罠に嵌めたのか？」

砦が落ちたことが腑《ふ》に落ちないらしい蒼妖騎士《ケイオスナイト》が、僕たちに疑問をぶつけてくる。

「罠に嵌める必要なんてなかったよ。『厄災の大蛇神《エンシェントナーガ》』は僕が実力で倒した」

「何をバカな。アレは人間ごときが倒せる魔物ではない。このオレですら、アレを従えるのにどれほど苦労したことか」

「あんなヤツ一秒で殺したけどね」

「ぐははは、面白《おもしろ》いヤツだ。なるほど肝《きも》も据《す》わっておるし、強さもなかなかと見える。どうだ、このオレの部下にならぬか？　特別待遇《たいぐう》で迎えてやるぞ」

蒼妖騎士《ケイオスナイト》が僕を魔王軍に引き込もうと唆《そそのか》してくるが、もちろんそんな勧誘《かんゆう》に乗る僕じゃない。

「そうだな、ヴァクラースと魔王の命を差し出すなら考えてもいい」

ピシャリと皮肉交じりに答えたら、蒼妖騎士《ケイオスナイト》の表情は急に凍《こお》りつき、強烈《きょうれつ》な殺気を放って言葉を返してきた。

「……痴《し》れ者が。素直に服従《ふくじゅう》するなら助けてやろうと思ったものを。言ってはならぬことを言ってしまったな、もうお前の死は避《さ》けられぬ」

「おあいにく様、お前程度に生殺与奪権《せいさつよだつけん》を握《にぎ》られるほど、僕は弱くはないんでね」

「このオレと百頭の魔獣を前にしてそれを言うのか。いいだろう、殺してくれと懇願《こんがん》するほどの地獄《じごく》を喰《く》らわせてやる」

お互いを探《さぐ》りあう舌戦《ぜっせん》はコレで終わり。ここからは相手を叩《たた》き潰《つぶ》すだけ。

問題はどうやってそれをするかだ。

モンスター一万体を一瞬で葬《ほうむ》った『冥霊剣《エリュシオン》』を使うのは、みんなの手前ちょっと憚《はばか》られる。

『呪王《じゅおう》の死睨《しげい》』もできれば使いたくない。

蒼妖騎士《ケイオスナイト》一体ならともかく、百体のモンスターを即殺《そくさつ》したらさすがに引かれるだろう。

せっかくパーティメンバーのみんなと良好な状態なのに、派手《はで》にやりすぎると魔王認定されてしまうこともあり得る。

さぁて、百体ものモンスターをどうやって相手しようか悩《なや》むところ。

倒すのは簡単なんだ。問題は、圧勝しすぎずに全滅《ぜんめつ》させること。

ちなみに集まっているモンスターは、スフィンクス、ギガントエイプ、トロールキング、ジャイアントワームなど。それなりに強力ではあるけど、ゼルドナを襲《おそ》ったモンスターよりはかなり弱い。

あのときの一万体に比べ、数も百体ほどしかいないしね。

そもそもゼルドナを襲ってきたモンスターが特別で、アレは結構頑張《がんば》って集めたんだろうな。あのレベルを簡単に集められるのなら、どんどんモンスター軍団を作って攻め込めばいいし。

ってことは、一万のモンスターを僕が撃退したのは、魔王軍にとってかなりの大ダメージだったのか！

あのときはよく分からなかったとはいえ、我ながらグッジョブだ。

この程度のモンスター百体しか集められないなら、それほど怖《こわ》くはない。

とはいえ、普通の人ではなかなか対応できないとは思うけど。

「この魔物たちの数……いくらヒロ殿《どの》とはいえ、さすがに手に余るであろう。此奴《こやつ》らなら、ワシでも力になれるはず」

「ああ、今回はオレの出番もありそうだぜ。ちと数が多すぎるが、けっして手に負《お》えない相手じゃない」

「ワタシもだ。そもそもワタシの称号は掃討《そうとう》戦に強い。まとめて薙《な》ぎ払ってやる」

ダモン将軍やヨシュアさん、ディオーネさんが協力を申し出てくれる。

「おいおいディオーネ、この戦力差で掃討戦だって⁉　ははっ、ヒロがいなけりゃ絶対に言えない言葉だな。まあでも、何故か勝てる気がするぜ」

いつもは臆病《おくびょう》なケットさんも、もう相手を怖がってはいなかった。

そしてアニスさんが僕に近付いてきて、両手を祈るように組んで言葉を発する。

「私は皆さんのサポートに回ります。またヒロ様の御業《みわざ》にお縋《すが》りすることになりますが、是非《ぜひ》人類に力をお貸しください」

人類に力を……って、いやだから僕は神様じゃないんですよぉ。

あれだけ否定したのに全然信じてないなこりゃ。

「ということだ。あの魔物どもはワシらが請《う》け負うゆえ、ヒロ殿は蒼妖騎士《ヤツ》を倒すことに注力してくれ」

みんなの協力は嬉《うれ》しいけど、さすがに百体相手はキツいんじゃないかな。二十体くらいなら、みんなでもなんとかなるかもしれないけど……

そうだ、『神域魔法』の『支配せし王国《キングダム》』があった！　これを使えば、敵の力が大幅《おおはば》に下がるはず。

僕は素早く詠唱《えいしょう》して、このエリア一帯に『支配せし王国《キングダム》』をかける。

「ん？　今のはなんの魔法だヒロ？　オレの知らない魔法のようだが……」

「みんなの幸運を祈るおまじないですよ」

疑問の声を上げるヨシュアさんにそう言っておく。

味方の能力を上昇させるバフ効果と違って敵の力を下げる魔法だから、みんなは特に影響を感じないはず。

ちなみに、『支配せし王国《キングダム》』の効果が以前より遙《はる》かに強力になっていて、ちょっと僕も驚《おどろ》いた。

敵の能力を最大百分の一にまで弱体化する結界魔法だけど、それは耐性の低い相手だけで、今回のモンスターレベルだと二分の一から、せいぜい四分の一にするのが関の山だ。

それでも充分凄《すご》いんだけど、目の前のモンスターたちは十分の一ほどの強さになっている。

僕がどんどん成長しているのでその効果もあるんだろうけど、何より大きいのは、ヨシュアさんからコピーさせてもらった『武芸百般《オールマイティ》』のおかげだろう。

このスキルを強化したら『神術』と『退魔術』が融合《ゆうごう》して、上位スキル『神護主《しんごしゅ》』になっていたんだった。

『支配せし王国《キングダム》』の『神域魔法』は『神術』の力が影響するので、『神護主』となって大幅にパワーアップしたらしい。

さらに、習得した『退魔術』のおかげで退魔力もアップしているので、最強退魔師シェナさん並みの祓魔《ふつま》効果も出ているようだ。

よって、本来なら能力減少《げんしょう》させるのが難《むずか》しい悪魔――蒼妖騎士《ケイオスナイト》の戦闘力も、半分以下になっている……ように見える。

悪魔の力は正確には分からないんだけどね。

ケットさんの『測定者《カウンター》』で見ればどれくらい数値が下がったか分かると思うけど、さっき測定したばかりなので、ケットさんは『測定者《カウンター》』を使ってないようだ。

とりあえず、『呪王の死睨』は使わず、この状態で上手く戦闘して蒼妖騎士《ケイオスナイト》を倒そう。

モンスター百体も、十分の一の状態ならダモン将軍たちで倒せるはずだ。

うん、なんとかなりそうだな！

「死ぬ覚悟はできたか？　では行くぞ！」

蒼妖騎士《ケイオスナイト》がこちらに向かってズンズンと歩きだす。

あれ、剣は抜かないのか？　幻の蒼妖騎士《ケイオスナイト》は剣で戦ってたけど、本物は違うらしい。

何をしてくるか分からないので、みんなとは離れて戦ったほうが良さそうだ。

ダモン将軍やディオーネさんたちは左右に散《ち》り、モンスターとの距離《きょり》を詰《つ》めていく。

いよいよぶつかろうとしたとき、突然どこからともなく異音《いおん》が聞こえてきた。

ヒュヒュヒューン！　ヒュヒュヒュヒュヒュヒュヒュヒューン！


「な、なんだこの音⁉　いったいどこから……？」

「むっ、ヨシュア、上だ！」

将軍がその音の正体《しょうたい》に気付く。

それは上空を飛ぶ無数の矢の音だった。

僕も一瞬前に気付いたが、矢は僕に対する攻撃ではなかったので、探知《たんち》スキル『領域支配』での発見が遅《おく》れてしまったようだ。

『領域支配』は僕に対する殺気に強く反応するからね。

そう、その矢が狙《ねら》っていたのは僕たちではなく、百体のモンスター軍団だった。


ズドッ！　ズドドドドドドドドドドドドドドドドッ……！


「こ、これはなんという神業《かみわざ》！　強力な魔物たちが次々に滅《めっ》せられていく……！」

「敵じゃない、味方なのか⁉　しかし、このような力を持つ者たちなど……」

ダモン将軍とディオーネさんでもこの援軍《えんぐん》に心当たりがなく、モンスターたちがどんどん倒されていく様子を呆然《ぼうぜん》と見つめている。

　二人が驚くのは無理もないけど、僕の『支配せし王国《キングダム》』の効果でモンスターたちは相当弱くなってるんだよね。よって、見た目ほど凄いことではないんだけど、それでも遠距離から的確に狙撃《そげき》しているのは大した技術だ。

　もしかして、これは一人の射撃手の技なのだろうか？

　僕たちが見つめる中、雨のように降りそそぐ謎《なぞ》の矢は、モンスターたちを鮮《あざ》やかに射貫《いぬ》いていく。

「バカな、このオレが集めてきた魔物たちが、こんなにあっけなく……？」

　せっかく連れてきた百体ほどのモンスターが、あっという間に残り数体となってしまって蒼妖騎士《ケイオスナイト》は愕然《がくぜん》としている。

　そして、狙撃主の正体を探《さぐ》ろうと動きだした瞬間、地面から黒い影が蒼妖騎士《ケイオスナイト》の身体《からだ》に巻きつくように這《は》い上がり、その身を拘束《こうそく》した。

「なんだコレは⁉　くっ、動け・ぬ・っ⁉　このオレが⁉」

　蒼妖騎士《ケイオスナイト》に巻きつく影は厚みを増し、完全に固定して身動きできなくさせる。

『支配せし王国《キングダム》』の効果で力が半減《はんげん》しているとはいえ、蒼妖騎士《ケイオスナイト》の能力を完璧《かんぺき》に封《ふう》じている。見事だ。

「蒼妖騎士《あおきし》、その命もらったぞ！　『分子破壊打撃《デモリションハンマー》』っ！」

累々《るいるい》と横たわるモンスターの死体を掻《か》き分け、叫び声と共に現れたのは……魔族⁉

いや違う。実物は初めて見たぞ、龍人《りゅうじん》だ！

その男は瞬《また》く間に蒼妖騎士《ケイオスナイト》へと近付いて飛び上がり、手に持った黒い巨大戦鎚《ウォーハンマー》を、身動きできない蒼妖騎士《ケイオスナイト》へと打ち下ろす。

「おのれ、このオレがあああああっ」

巨大戦鎚《ウォーハンマー》が蒼妖騎士《ケイオスナイト》に触《ふ》れると、その重厚な身体は一瞬で塵《ちり》となって消えてしまった。

結局蒼妖騎士《ケイオスナイト》は、なんの能力を見せることもなく倒された。

いったい何が起きてるんだ⁉

「な、なんだあの龍人⁉　ただ者じゃないぞ！　待てよ、アイツまさか……⁉」

「そうだ、オイラも初めて見るが、黒い戦鎚《ハンマー》を持つ龍人といったら『ナンバーズ』のヤツに違いない！　戦闘力も７３００だ！」

えっ、『ナンバーズ』だって⁉

冒険者事情に詳《くわ》しいヨシュアさんとケットさんが、龍人の姿を見てその正体に気付いたようだ。

最強冒険者《ナンバーズ》七人のうち、僕がまだ会ったことがないのはナンバー１、２、５の三人。

思い当たるのはナンバー２の戦士だけど……龍人だったのか！　その事実は知らな

かった。

元々『ナンバーズ』は極秘任務《ごくひにんむ》に就《つ》いていることが多く、一般には詳細《しょうさい》が知られていない。

ナンバー2は世界最強の攻撃力を持つという噂を聞いたことがあるけど、恐らくそれが今の技なんだろう。

『支配せし王国《キングダム》』で弱体化してたとはいえ、あの蒼妖騎士《ケイオスナイト》を一撃で消滅《しょうめつ》させた威力《いりょく》は驚異的《きょういてき》だ。

「さすがナダル、蒼妖騎士《あおいヤツ》を首尾《しゅび》よく仕留《しと》めたようだな。まあお前がしくじるわけなかろうが」

「なぁにエンギよ、おぬしの狙撃もいつにも増して冴《さ》えておったぞ」

数頭ほど生き残っていたモンスターを全て片付けて、後方からゆっくり近付いてきたのは、『エンギ』と呼ばれたダークエルフの男だった。

この男があの無数の矢を放った当人なのかな？

「おいおい、ウソだろ⁉　あのダークエルフも多分『ナンバーズ』の一員だぞ！　噂に名高い『闇の狙撃者《シャドースナイパー》』だ！」

ヨシュアさんは二人目の男の正体にも気付いたようだ。

弓使いの『ナンバーズ』……それは知らなかったけど、多分ナンバー5だろう。

何故なら、ナンバー1の情報は完全極秘で、一切知られていないからだ。

『ナンバーズ』のメンバーであるマグナさん、シェナさんのベルニカ姉妹に他のメンバーについてチラッと聞いてみたことがあるんだけど、そのときは僕は魔王と思われていたので、教えてくれなかったんだよね。

魔王だという誤解《ごかい》が解《と》けてからは、これまた色々と波乱《はらん》があったので、結局『ナンバーズ』のことは聞きそびれてしまった。そのため、一般に知られている程度のことしか知らない。

「あのダークエルフも凄い、戦闘力は5370だ！」

ケットさんの計測した数値からしても、やはりナンバー5か。

『闇の狙撃者《シャドースナイパー》』という異名《いみょう》を持っているようだけど、精密《せいみつ》な射撃でモンスター百体を殲滅《せんめつ》するその腕前は見事の一言。

ところで、蒼妖騎士《ケイオスナイト》を拘束した黒い影は、このダークエルフの技なのかな？

遠距離からの狙撃が能力の特長だと思ったんだけど、あの距離から拘束技が使えるなら相当凄いな。

って、ちょっと待て！　死んだはずの蒼妖騎士《ケイオスナイト》から、まだ気配を感じるぞ!?

正確には、巨大戦鎚《ウォーハンマー》で塵となった蒼妖騎士《ケイオスナイト》の残骸《ざんがい》から、何かしらの生命反応が窺《うかが》える。

しかし、邪悪《じゃあく》なモノじゃない。なんだコレ!?

『真理の天眼』で解析してみると、蒼妖騎士《ケイオスナイト》ではない存在を感知した。

影だ！　蒼妖騎士《ケイオスナイト》にこびりついたままの黒い影が生きている⁉

まさかこの影は生物……いや人間なのか⁉

僕はもっと近距離で分析するため、蒼妖騎士《ケイオスナイト》の残骸に歩み寄る。

「待て、おぬし何をしている？」

ダークエルフと話していた龍人――『ナダル』と呼ばれていた人が、僕に気付いて問いかけてきた。

あれ、近付いちゃまずかったのかな？

っていうか、この影の正体を、当然この龍人とダークエルフは知ってるはずだ。

「この影……生きてますよね？」

特に伏《ふ》せる必要性も感じなかったので、ストレートに聞いてみる。

影からは邪悪さを感じないし、彼らの仲間ってことだよね？

……と、僕が尋《たず》ねた瞬間、龍人とダークエルフの顔色がみるみる変わっていく。

ひょっとして、影のことは隠《かく》そうとしてたのかな？　聞いて失敗したかも……？

「なんと⁉　おぬしそれに気付いたのか？」

「バカな、ネネの影術がバレただと⁉」

驚愕《きょうがく》の声を上げる『ナンバーズ』の二人。

「ええっ、ヒロ様、それはどういうことですか⁉」

「影が生きてるだと⁉」

アニスさんとディオーネさんも驚いていた。

驚いているのは僕も同じだけど、龍人とダークエルフの反応を見る限り、やっぱり影のことは秘密だったようだ。

この黒い影はどういう存在なんだ？


「お……まえ、ナニモノだ？」


「うわっ、今の声はなんだ⁉　どこからだ⁉」

突然聞こえてきた声にヨシュアさんが驚く。

「オ、オイラには蒼妖騎士《ケイオスナイト》の残骸が喋ったように聞こえたけど……でも女の声だったぞ？」

そう、ケットさんの言う通り、蒼妖騎士《ケイオスナイト》の残骸——黒い影から少女のような声が聞こえてきた。

もう分かった。やはりこの影は人間だ。人間が影となって、蒼妖騎士《ケイオスナイト》を拘束したんだ。

凄い、こんな技初めて見たぞ！　この僕ですら、気付くのが遅れた。

もちろん、僕に対して殺気を出せば『領域支配』で感知できただろうけど、それにしても常識を超えた能力だ。

いったい誰なんだ？

「ネネの『死影術《しえいじゅつ》』、初めて見破《みやぶ》られた……」

少女の声と共に黒い影が一ヶ所に集まり、立体的に膨《ふく》れあがっていく。

そのまま人間のシルエットになったかと思うと、黒から色彩《しきさい》が変化し、白い髪の少女となった。

この少女……まさか、今までずっと謎と言われてきた秘密の存在……

『ナンバーズ』の1《エース》なのか⁉

◇◇◇

「おまえ……ネネの技を見破るとは普通じゃない。いったいナニモノだ？」

黒い影から人間へと変身した少女が、僕に問いかけてくる。

蒼妖騎士《ケイオスナイト》に巻きついていた影の正体は、なんと十四歳くらいの少女だった。

この少女が、今まで謎の存在とされてきた『ナンバーズ』の1《エース》なのか？

「うげええっ、この女の子、オイラの『測定者《カウンター》』で見たら戦闘力10000になってるぞ⁉　シャルフ王よりも強いってか⁉」

「戦闘力？　そこのおまえ、ネネの力が分かるのか？」

「まあな。ってか、ガキのくせにオイラに向かって『おまえ』だと!?　小さく見えてもれっきとした大人《おとな》だぞ！　お嬢《じょう》ちゃんが強いのは分かるが、もう少し可愛《かわい》げを持ったほうがいいぜ」

少女よりも小柄《こがら》なケットさんは、子供扱《あつか》いされたように感じたのかそう抗議《こうぎ》する。

『ネネ』とはどうやらこの子の名前らしい。

自分のことを『ネネ』と呼んでるんだな。少女らしいと言えばそうだけど。

少女は身長百五十センチほどで、忍者のような黒装束《くろしょうぞく》を着ていた。

眠《ねむ》たげに半目にしているその瞳は真《ま》っ赤《か》で、雪のように真っ白なロングヘアーを高い位置でツインテールに結《むす》んでいる。

肌も透《す》き通るように白く、影から人体化したとはとても思えない子だ。

こんな少女が『ナンバーズ』の1《エース》だなんて到底《とうてい》信じられないところだが、相当人間離れした強さなのは間違いない。

一応、種族としては普通の人間みたいだけど……なんとも不思議な存在だ。

「お前ら騙《だま》されるなよ。コイツは見た目はガキだが、二十七歳の女だからおぐうっ」

ナンバー5——ダークエルフのエンギさんが、少女の実年齢を教えてくれた。

えっ、二十七歳!?　ホントに？　僕よりずっと年上ってこと？

十四歳くらいに見えるんですけど⁉

いや、二十七歳が本当なら、少女ではないんだろうけど。

ちなみに、勝手に実年齢をバラされた少女は、怒って肘鉄《エルボー》をエンギさんに打ち込んだ。

しかも、かなり強烈なヤツを。

大人《おとな》しそうに見えて結構乱暴な子だな。

「グヘッ、ゲホッ、いいじゃねーか歳《とし》を教えるくらい。いい歳して未《いま》だに若く見られてーのかよ。ネネ《コイツ》は持ってる称号の影響なのか、見た目の年齢がある時期から変化してねえんだ……分かったネネ、怒るなって、肘《ひじ》はやめろ！」

少女はムキになって肘鉄《エルボー》を連発している。

「あのう……『ナンバーズ』の方ですよね？」

「あーゴホン、その通り、俺はナンバー5のエンギという者だ。この女はネルネウス、こんな見かけでも『ナンバーズ』のトップにいる。うっかりバレちまったが、秘密の存在なんだ、是非内緒に頼《たの》むぜ」

エンギさんは片目を瞑《つむ》って僕らにお願いをする。

パッと見の怖い外見《がいけん》からは想像もつかないほど、表情が豊かな人だ。

「んであっちのトカゲ男がナダル。知ってるかもしれんが、世界最強の攻撃力を持ってるヤツだ」

「エンギよ、トカゲ男という紹介はよせ。我《わ》が輩《はい》がナンバー2を預《あず》かるナダルだ。よろしゅう頼む」

少し離れた位置から、ナダルと呼ばれた龍人が会釈《えしゃく》した。

陽気《ようき》なエンギさんと違って武人タイプだな。ナンバー3のフォルスさんに似てるかも。

失礼ながら、三人の能力を解析させてもらうとしよう。

まずはエンギさん。外見は三十歳くらいに見えるが、エルフ同様非常に長寿《ちょうじゅ》なダークエルフだけに、実年齢は遥かに上だろう。

身長はヨシュアさんよりやや低い百七十八センチくらいで、種族特有の浅黒い肌、そして長めの銀髪をオールバックにしている。

ダークエルフはエルフよりもさらに種族人口が少なく、滅多《めった》に見かけることはないが、単純な戦闘力はエルフを上回ると言われるほどだ。

『ナンバーズ』の序列は五位で、ベースレベルは123、そしてなんと『魔弓士《まきゅうし》』というSSランクの称号を持っている。

何故驚いたかというと、ダークエルフを含むエルフ族は神様から能力を授《さず》かる『神授《しんじゅ》の儀《ぎ》』をしないからだ。その代わり、長く生きる間に才能を開花させることがあり、自力でレアスキルを習得できたりする。

エンギさんの場合は、レアスキルではなく称号だ。これを身につけるまで、恐らくスキルの融合や進化をくり返したのではないだろうか。

僕が持っている称号も、『神授の儀』で授けてもらったのではなく、色々進化させて身につけたモノだからね。

一朝一夕《いっちょういっせき》には称号なんて習得できないので、多分エンギさんは想像以上に高齢《こうれい》だと思われる。

それにしても、ダークエルフには怖いイメージがあったんだけど、エンギさんを見てそれはただの先入観《せんにゅうかん》だと分かった。見かけで判断しちゃダメだね。

序列ナンバー2のナダルさんは龍人で、身長は百九十センチほどと大きく、少し細身に見えるがかなり筋肉質な身体だ。

ベースレベルは131で、『破壊者』というSSランク称号を持っている。最強の攻撃力というのは、この称号の力なんだろう。

龍人という種族は、ドラゴンの血を受け継《つ》いでいると言われ、数ある獣人の中でも別格の存在だ。

外見も、ほかの獣人は人間を基本《ベース》にして、獣の特徴《とくちょう》を一部分だけ取り入れた姿が多いが、龍人は見た目が人型ドラゴンのようになっている。

ドラゴンと言うよりは、トカゲ《リザード》というイメージではあるけど。翼もないしね。

寿命《じゅみょう》はエルフの次に長寿と言われていて、そして種族の平均的戦闘力は他の追随《ついずい》を許さない。

ただ、龍人族はあまり他種族と交流することがなく、そして個体数も非常に少ないので、実態のほとんどが謎の種族だ。

一応『神授の儀』は行っているという噂だが……

そして『ナンバーズ』の1《エース》は、少女の姿をしたネルネウス……さん。

見た目は少女でも年上だから、さん付けしないとダメだよね？　どうやら愛称《あいしょう》は『ネネ』と言うらしく、自分でもネネと呼んでいる。

雪のように白い髪と肌をしていて、影とは正反対のイメージだが、持っている能力は影を操るモノらしい。

その称号名は『閻魔《えんま》』。イザヤの『剣聖』やシャルフ王の『統《す》べる者』と同じSSランクで、最強の暗殺能力を有している。

ベースレベルも驚きの135。リノたちやクラスメイトを除《のぞ》くと、今まで出会った中で最高だ。

外見の成長が少女の姿で止まっているのが、称号と関係しているのかは解析でも分からなかった。

影を操るというのはかなり特殊《とくしゅ》な能力だけに、見た目に影響があってもおかしくはないけど。

「おまえ……なにか顔に違和感《いわかん》があるな。何故だ？」

ちょうど一通りの解析が終わったところで、ネルネウスさんがおもむろに僕に近付いてきて、つま先立ちになってじっと顔を見つめてきた。

うっ、アピを使って変装してることに気付かれちゃったか？

伝説のモンスター『暴食生命体《アベルビスィア》』のアピがその身体を変化させることができるように、ネルネウスさんも身体を影へと変化させることができる。

似たような能力だけに、アピを使った変装に気付かれてもおかしくない。

ひょっとして、ネルネウスさんの外見が少女から成長しないのも、アピと同じような能力を持っているからかな？　まあネルネウスさんは、他人に変身することはできないみたいだけどね。

「あの……ネルネウスさん？　ヒロ様のお顔に何か不審《ふしん》な点でも？」

至近《しきん》距離からあまりに僕の顔を見続けるので、アニスさんがどうもヤキモチを焼いたらしく、僕とネルネウスさんの間に割って入った。

結構ピンチだったんで、これはありがたい。

遅れてディオーネさんも、僕らの近くに寄ってきた。

「なんだおまえたち、誰だ？」

アニスさんたちに向かって、ネルネウスさんは面倒くさそうに訊《き》く。

見た目は可愛い少女なのに、表情は無愛想《ぶあいそう》だし、意外に乱暴だし、口もちょっと悪いんだよなあ。

まあ年齢はアニスさんたちよりネルネウスさんのほうが上なんだけどさ。

「私はファーブラ使節団のリーダー、アニスと申します。そしてこのヒロ様の妻です」

げっ、いつの間にか自称が『婚約者《こんやくしゃ》』から『妻』に進化してる。

「ゴホン、ワタシはファーブラ特殊任務隊の隊長ディオーネだ。そして、このヒロの妻でもある」

ディオーネさんまで『妻』に進化⁉

この二人、どんどん強引になっていくぞ。大丈夫か僕⁉

「妻が二人？　ネネの技を見破ったから少し気になったが、ただの女ったらしだったか。安心しろ、ネネはこんな男には興味ない。顔に違和感があったので、見つめてしまっただけだ」

アニスさんとディオーネさんから嫉妬《しっと》の目を向けられたので、ネルネウスさんは僕を見つめるのをやめて距離を取った。

ふー助かった……いや結婚問題は悪化してるけど。

「なんだ、ヒロの奪い合いが始まるかと思って期待しちゃったぜ」

ケットさん、冗談《じょうだん》でもそんなこと言うのやめてください。

想像するだに恐ろしい……

「なるほどなあ。『ナンバーズ』が強いというのは知ってたけど、これほどとはオイラも驚いた。あの蒼妖騎士《ケイオスナイト》に勝てちゃうのも頷《うなず》けるぜ」

ケットさんが『ナンバーズ』三人の戦闘力を知って感心している。

ともあれ、突然『ナンバーズ』の三人が現れたわけだけど、もちろんこれを偶然《ぐうぜん》とは思っていない。

何かの理由があるはずだ。

「あのう……エンギさん、何故この砦にいらしたんですか？」

「ふむ、そのことだが、フリーデン国のシャルフ王から一報が入ってな」

やはり！　ファーブラ国の王族であるミュナーゼ様を無事救出したので、何かしら動きがあるだろうと思ってたけど、『ナンバーズ』が動いてくれたのか！

「元々俺たちはエーアストの動きを探ってたんだ。さすがに不自然だったんでな。ゼルドナの魔王とやらを含めた西側諸国はフォルスとベルニカ姉妹に任せ、東側のエーアスト、カイダ、アマトーレは俺たちが担当していたのさ」

エンギさんが状況を説明してくれる。

なるほど、そんなことになってたのか！

ベルニカ姉妹に聞いておけば良かったな……うっかりしてた。

「様子を窺ってたところ、シャルフ王からカイダの砦を奪還したという連絡がギルドに入ったので、俺たちもすぐに駆けつけたんだ。すると、今の状況に出くわしたんで、虚《きょ》をついて蒼妖騎士《あいつ》らを駆逐《くちく》したというわけだ」

「助かりました。大勢に囲まれて困ってたところでした」

「なぁにイイってことよ。そういや一人、かなりの手練《てだ》れが来てるって話だったが、それがアンタかな？」

「はい、多分僕のことです」

「強いんだって？　まあこの砦を奪還しちまうくらいだから、俺たちレベルの実力はあるんだろうが」

「いえ、無事奪い返せたのは幸運でした」

「ヒロ、謙遜《けんそん》することはない。お前は世界最強なのだから、もっと胸を張れ！」

そばで聞いていたディオーネさんがまるで自分のことのように鼻を高くし、横にいるアニスさんもうんうんと頷いている。

いや、僕はそういうの苦手《にがて》なんですよぉ……

「ほほう世界最強ときたか、そりゃ凄いな。確か……ヒロ・ゼインと言ったっけ？　一応報告書は見てるんだがな」

「ヒロ殿の強さは本物だ。このワシが保証しよう。手強い殺し屋どもも、全てこのヒロ殿

たよ」

「あなたはダモン将軍ですね？　将軍がそう言うなら実力は確かなんでしょう。エーアストの魔王軍についてはすでに聞いてます。面倒な殺し屋にも手を焼いてたんで助かりました」

が捕《と》らえた」

エンギさんがダモン将軍の言葉にニコリと笑う。

ナダルさんとネルネウスさんは、この手のコミュニケーションは全てエンギさんに任せているようで、後ろに控《ひか》えたまま沈黙《ちんもく》している。

とりあえず、『ナンバーズ』が来てくれたので、このあとの仕事は捗《はかど》りそうだ。

エーアストの状況についても理解しているみたいだし、この調子でいけば、僕の正体を明かせる日はそう遠くないかも。

ただエーアストの魔王軍も、僕《ユーリ》の仕業と思われちゃってるのがね……

その誤解をどこで解くかだ。

さしあたって、次はカイダ国の奪還だけど、何か作戦があるのかな？

「このあとについては、俺たちが任務を引き継がせてもらう。カイダ国へは俺たちが向かうので、将軍ほか、みんなはこの砦にて待機しててくれ」

えっ、共同作戦とかじゃないの？

さっき僕の力を認めたみたいなこと言ってたけど、僕の協力は必要ないのかな？

「えーとエンギさん？　ってことは、オレたちはここでお役御免《ごめん》ってことか？」

ヨシュアさんが確認するように聞き返す。

「その通り。ここからはプロの俺たちが、カイダ王都に潜入《せんにゅう》して任務を遂行《すいこう》する。そもそも君たちの任務はカイダの奪還ではないだろう？」

「ま、まあそりゃそうなんだけど……」

「調《しら》べた限りでは、王都は『白幻騎士《ファントムナイト》』が管理してるってことだが、何せ情報が不完全でな。カイダとエーアストにある冒険者ギルドが、どうやら正常に機能してないようなんだ」

なるほど、ギルド長あたりは『悪魔憑《あくまつ》き』の状態にされてる可能性が高いしな。

カイダ王都にいるのは白幻騎士《ファントムナイト》ってことだけど、果たしてエンギさんたちは無事に勝てるだろうか？　さっきの蒼妖騎士《ケイオスナイト》は僕の『支配せし王国《キングダム》』で弱体化させていたから、エンギさんたちの力量を測るにはちょっと参考にならないんだよね。

まあこの三人なら勝てるかもしれないけど……やはり僕も一緒に行ったほうがいいだろう。

宿敵《しゅくてき》ヴァクラースがカイダ王都にいる可能性もあるし。

「あの……エンギさん、差し出がましいようですが、僕もお力添《ちからぞ》えいたします。必ずお役に立ちますので、一緒に連れていってください」

「いらぬ節介《せっかい》だ。立場をわきまえるがいい」

突然口を挟《はさ》んできたのは、じっと黙《だま》っていたネルネウスさんだ。

言葉は静かだが、かなりキツい口調《くちょう》だった。僕が同行するのは迷惑《めいわく》なのか？

「ヒロとやら、調子に乗るな。確かにおまえのおかげで砦は奪還できたようだが、我らはおまえのことは信じていない」

「何故です？　ネルネウスさん」

「おまえの正体が不明だからだ。シャルフ王からも情報をいただいたが、こちらで調査してもまるで裏が取れない。一切おまえの詳細が分からないのだ」

そ、そこかあ……困った。色々と偽装《ぎそう》してるからなあ。

ヒロの経歴書は、僕が第二調査隊に入るときにシャルフ王を通してファーブラにも送ってあるんだけど、『ナンバーズ』クラスの情報網だと、欺《あざむ》くことが難しいんだろうな。

『魔王ユーリ』のことも、果たしてどこまで掴《つか》んでいるのか。

シャルフ王やベルニカ姉妹から真相を伝えることもできるんだけど、僕の正体は内緒にしてもらっている。彼らが洗脳《せんのう》されていると疑《うたが》われる可能性があるからだ。

とにかく、下手《へた》な勘違《かんちが》いを防ぐため、僕のいないところで情報が広がるのは避けたい。

そのため、ネルネウスさんたちは『ユーリ』が本物の魔王じゃないことを知らない。

エーアストを奪還すれば自然と誤解は解けるはずなので、それまで我慢《がまん》と思ってたけど、こんなところで弊害《へいがい》が出たか……

「言っておくがヒロとやら、本来ならおまえは危険人物として監視《かんし》が付くところだ。それどころか、正体がハッキリするまで幽閉《ゆうへい》されてもおかしくない存在だ。それを理解しておけ」

「え、で、でも……」

「ネネ、それは言いすぎだぞ。すまんなヒロ・ゼイン、相手が相手だけに、迂闊《うかつ》に助力を頼めないんだ。まあ俺たちに任せとけって」

「その通り。魔王軍《ヤツら》は我が輩たちが粛清《しゅくせい》する。ここで吉報《きっぽう》を待っているがいい」

そう言うと、『ナンバーズ』の三人は砦を素通りして、カイダ王都へと向かってしまった。

たとえ彼らが『黙示録の四騎士《ナイツ・オブ・アポカリプス》』を倒せても、恐らくヴァクラースには勝てないので、エーアストへは僕が行くしかないが……

今のままなら魔王軍についてもすぐに真相が知れ渡るだろうし、こちら側に追い風が吹《ふ》いている。

僕が余計なことをしなくても、『ナンバーズ』の三人がそのまま順調にエーアストまで侵攻できれば、一番理想的なんだけど……

「ヒロ様、カイダ王都へ行くのでしょう？」

アニスさんが僕の心を読んだように訊いてきた。

「……うん、彼らに任せようかと思ったけど、やっぱり僕も向かおうと思う」

「それでこそヒロだ。もちろんワタシも行くぞ」

「ま、当然だな。オレもこのままじゃ帰れねーよ。微力《びりょく》ながら手伝わせてくれ」

「オイラもだ！　さて、そうと決まったら色々準備をしようぜ」

ディオーネさんの言葉に、ヨシュアさんとケットさんも同意する。

みんな頼もしいな。ここまで来たら一蓮托生《いちれんたくしょう》って感じだ。

みんなと一緒だと、僕の正体がユーリとバレづらくなる利点もあるしね。

みんなを隠れ蓑《みの》にするようで申し訳ないけど、そろそろ敵が僕の正体に勘付《かんづ》いてもおかしくないので、気を付けたいところ。

もしバレたら、カイダ国民全員が人質《ひとじち》にされる可能性すらある。そんな事態は絶対に避けないとな。

そうと決まれば、出発の準備だ！

2. 不憫《ふびん》な暗殺者

「よし、では皆さん出発しましょうか！」

僕たち――アニスさん、ディオーネさん、ヨシュアさん、ケットさん、そして僕の五人は、カイダ王都に向かって砦を出発した。ここまで来たのと同様、馬車での移動だ。

魔導車《まどうしゃ》で行こうかとも思ったけど、僕の正体が『魔王ユーリ』とバレてはまずいので、無難《ぶなん》に馬車にした。

第二調査隊の一人だったムドマンさんはゴーレムの『ニケ』が故障中のため、足手まといになっては申し訳ないと言って、砦に残ることになった。

少し寂《さび》しいが、ここでお別れだ。

ダモン将軍も砦に残ってやることがあるらしく、この辺りの防衛《ぼうえい》も含めてしばらくは砦の管理作業に専念《せんねん》するとのこと。

ということで、王都に行くのは僕たち五人となった。

蒼妖騎士《ケイオスナイト》を撃退してすでに二日。何も問題がなければ、『ナンバーズ』の三人はもう王都に着いてる頃だ。

ただ、王都に着いてもすぐ戦闘を開始するわけじゃなく、状況を調査してから行動すると思われるので、慌《あわ》てて追わなくても大丈夫だろう。

このキルデア砦を奪還してからすでに四日以上経《た》っているので、さすがにカイダ国も砦の異常には気付いているはず。

焦らず、僕たちは僕たちで注意しながら行動しようと思う。

ちなみに、捕らえた殺し屋はなかなか口を割らなかったので、仕方なく奥の手を使うことに。

正直《しょうじき》やりたくはなかったが、敵の情報はどうしても必要だ。よって心を鬼にして、ある方法を試《ため》してみることにした。

『死罠人《デストラッパー》』から強奪《ごうだつ》したスキル『上級罠製作《ハイグレード・トラップメーカー》』で、『くすぐりトラップ』を作ったのだ。

『死罠人《デストラッパー》』の罠と違って難しい機構《きこう》なども必要なく、ただ拘束してくすぐるだけの仕掛け《ギミック》なので問題なくできた。

みんなはちょっと驚いていたけどね。

このトラップに、元クラスメイトの『魔眼《まがん》』サマンサと女殺し屋の『黒蜘蛛《くろくも》』をかけてみた。

あの強情《ごうじょう》なベルニカ姉妹がこれでオチただけに、彼女たちにも効果があるかなと思ったんだけど……

実にあっさりとオチた。まあ色々あってその可哀想《かわいそう》になっちゃったくらいなんだけど、無事情報は聞き出せました。

二人ともほんとゴメン。そんなつもりはなかったんだ……

とりあえずの情報として、ヴァクラース本人はエーアストを離れる予定はないということを聞けたのは良かった。

ヴァクラースとは、できればエーアストで決戦するのが一番望ましいからね。

あとは、無法者ゴーグたちはいつの間にかいなくなってて、しばらく姿を見てないらしい。

元クラスメイトのゴーグは経験値十倍スキルを持つだけに、『魔王の芽《デモンシード》』でどれほど成長しているのか見当も付かない。
・・・あのときですら、尋常《じんじょう》じゃないほどの力を感じた。今やかなり面倒な敵になってるのは間違いないだろう。
ほかに気になったのは、『黙示録の四騎士《ナイツ・オブ・アポカリプス》』では白幻騎士《ファントムナイト》が最強だということで、その強さは四人の中でも群《ぐん》を抜いているとか。

能力の詳細は本当に知らないらしいけど、ただ、白幻騎士《ファントムナイト》には何をしても無駄だと言っていた。

カイダ王都には白幻騎士《ファントムナイト》がいるという話なので、もしそれほどまでに強いなら、『ナンバーズ』の三人が心配だ。

まあ白幻騎士《ファントムナイト》が手強いということは、あの三人も重々承知《しょうち》だとは思うが……

「それにしても、あの『ナンバーズ』たちは凄かったよなあ。世界には強いのがたくさんいるんだな」

馬車を操りながら、御者席《ぎょしゃ》からケットさんがつぶやく。

先日の、あの鮮やかな戦闘を思い返しているようだった。

確かに『ナンバーズ』の三人には、殺し屋たちとは違った正統派の強さがあったな。

「でもあの『ナンバーズ』たちより、多分ヒロのほうが強いんだろ？　オレにゃあレベルが違いすぎてよく分からんが」

「オイラもヒロのほうが強いと思うけど、ヒロの戦闘力が未だによく分からないんだよな。『測定者《カウンター》』で見ると戦闘力1510になってるし」

ヨシュアさんとケットさんが僕の強さについて議論している。

あの『ナンバーズ』たちの凄い戦闘を見たあとでも、僕のほうが強いと感じているらしい。

ちょっと強さを見せすぎちゃったかな？

「土壇場《どたんば》になると力を発揮《はっき》する『狂戦鬼《きょうせんき》』ってスキルが凄いんだろうけど、それを発揮したときの数値は測れないのか？」

「オイラだってずっと『測定者《カウンター》』で見てるわけじゃないからな。でも実は、ヒロの戦闘力が上がったときがあったんだ。一瞬だったんで、オイラも見間違ったと思っちゃったんだけどさ。今度チャンスがあったら、ヒロの戦闘力を正確に測ってやるよ」

うわっ、そんなことされたら困っちゃう。

ケットさんは厚意《こうい》で言ってくれてるんだけど、僕の本当の戦闘力を知ったら仰天《ぎょうてん》するぞ。よく分かんないけど、きっと10万くらいはいくよなあ……もっといくかな？

僕の能力はスキルで擬装《ぎそう》してるんだけど、本気を出すと隠しきれなくなっちゃうみたいなんだよね。

なるべく気を付けよう。

砦を出発して数時間。

今馬車は砦を囲んでいた山々を抜け、木々がまばらに生《は》える道をゆっくりと走っている。カイダ王都へ行くには、この先にある深い森を通らなければならないので、敵が待ち構えているならそこら辺だろう。よって、今日はその森の手前で移動をやめ、野営するつもりだ。

王都への到着は明日の夕方くらいになる予定だけど、どうやって王都に入るのかは現時点では決めてない。

現地がどういう状況なのか分からないので、その場で臨機応変《りんきおうへん》に考えたいと思ってる。

本来はファーブラからの使節団として入れてもらう予定だったんだけど、砦を強引に奪還してしまった以上、もうその手は使えないだろう。

一応、王都潜入に関していくつか策《さく》は考えてあるんだけど、行き当たりばったりな感じになるかもな。まあ出たとこ勝負だ。

夕方、馬車は森の手前まで辿《たど》り着いたので、予定通りここで野営をすることに。

夕食を食べたあと、僕たちは就寝《しゅうしん》した。

◇◇◇

翌日、朝食を済ませたあと再び僕たちは移動を開始し、馬車は深い森の入り口へと着く。

「さあて、では森に入るとするかい！」

ケットさんが一呼吸気合《きあ》いを入れ、馬車を薄暗い森の中へと進ませた。

一応通行用の道として整備《せいび》されているけど、地面の段差が激《はげ》しかったり、樹木《じゅもく》もビッシリと生《お》い茂《しげ》っていたりするため、なかなかの難路《なんろ》となっている。

とはいえ、砦の内側のモンスターは定期的に駆除《くじょ》されているので、それほど危険な場所ではない。そのことはみんなも知ってるはずなんだけど……

「道も狭《せま》いし、どうも圧迫感《あっぱくかん》が強いな。とんでもない魔物が潜《ひそ》んでるように感じちまうぜ」

「見た目よりもずっと安全なことは分かってるのに、結構緊張《きんちょう》しますね……」

そう言いながら、ヨシュアさんとアニスさんは不安そうに馬車の窓から周りを見渡している。

魔王軍の待つ王都に行くだけに、やはり不安は隠せないようだ。

周りを窺いながら慎重《しんちょう》に進んでいると、僕の『領域支配』スキルが敵を感知した。

やはり来たか……まあ当然待ち伏《ぶ》せてるよな。隠れる場所はいくらでもあるし。

「ケットさん、馬車を止めてください」

「なんだヒロ？　どうしたん……まさか敵か⁉」

「はい、この先に隠れてます」

僕の指示を聞いて、ケットさんが慌てて馬車を止める。

「相変《あいか》わらずヒロの探知能力はスゲーな。オレには全然分からねーぜ」

「分からなくても仕方ありませんよ。この敵は、気配を消すことに関しては砦で戦った殺し屋以上みたいですから」

「いや、それを簡単に感知しちまうのがスゲーってことなんだけどな」

ヨシュアさんの言葉に、ディオーネさんやアニスさんも頷いている。

いや、本当にこの敵の隠密力《おんみつりょく》はケタ違いだから、気付かなくても仕方ない……あ、そうじゃなくて、それを感知しちゃう僕に驚いてるってことか。

まあ『領域支配』は、僕に対する殺気には鋭敏《えいびん》に反応するからね。どんなに上手く隠れても無意味だ。

「とりあえず、捕《つか》まえてきます」

みんなにはこの場で待機してもらうことにして、僕だけ森の奥に進入した。

森に分け入ったところで、僕は『神遺魔法《ロストマジック》』の『透明化《とうめいか》』で姿を消し、そして『闇魔法』の隠密系における最上位魔法『隠密障壁《ステルスバリア》』をかける。

さらに、『忍術』と『隠密』が融合してできた上級暗殺スキル『冥鬼《めいき》』の能力も発動させる。

これで僕の姿は見えず、そして僕が発する気配や音などもほぼ遮断《カット》されるので、まず相手に気付かれることはない。

その相手だが、これほどの隠密力を持つのは、恐らく元クラスメイト——Sランクスキル『暗殺奥義』を持つアイツだろう。

僕は殺気の主の後方に回り込み、ひっそりと慎重に近付いていく。

……いたいた！　やっぱり思った通りだった。

木の陰《かげ》に身を隠していたのは、元クラスメイトの少女ベルレナだった。

彼女は身長百六十センチほどで、細身ながらスタイルも良く、セミロングの黒髪をうなじの少し上で結んでいる。

戦闘職はリノと同じ『忍者』かな。いわゆる『くのいち』ってヤツだ。

『暗殺奥義』を持っているベルレナの暗殺力は非常に高いが、単純な戦闘力はそれほど高くはない。とはいえ、殺し屋たちと互角《ごかく》くらいの力はあると思うけど。

僕はそのままベルレナのすぐ背後にまで接近し、『透明化』を解除《かいじょ》したあと指で彼女の肩をトントンと叩く。

「……何よ、今大事なところなんだから邪魔《じゃま》しないで！」

元クラスメイトだし、一応女性だし、いきなり気絶《きぜつ》させるのも悪いかなと思って、僕の存在を教えようと思ったんだけど……気付いてくれない。

そういえば、彼女は少し抜けているというかドジなところがあったけど、少しは直ったかな？

僕はもう一度彼女の肩を指で叩く。

「何よ、あとにしてってば！　……えっ、ちょっと待って！　誰っ!?」

ベルレナはようやく僕に気付いて振り返った。抜けているのは相変わらずのようだ。

「やあ、久しぶり……じゃなかった！　こんなところでいったい君は何をしてるんだい？」

おっと、うっかり『ユーリ』のつもりで話しかけそうになっちゃった。

ベルレナのことを抜けてるなんて思ったけど、僕も他人《ひと》のことは言えないな。

「あ、あなた何者っ⁉　私に気付かれずにこんなに近付けるなんて⁉」

「僕はヒロ・ゼイン。キルデア砦を奪還した者だ。素直に降参《こうさん》してほしいんだけどどうかな？」

「バ、バカにしないでよね！　迂闊にこんなとこに来て、私の力を思い知らせて……」

「降参しないなら仕方ないな、えいっ」

「ほぶうっ」

僕は『闘鬼《とうき》』スキルの必殺技『波動撃掌《はどうげきしょう》』をベルレナに撃《う》ち込む。

苦痛を伴《ともな》う『絶悶衝波《ぜつもんしょうは》』と違って、この技は衝撃波《しょうげきは》で相手を行動不能にさせるだけなので、彼女は痛みを感じることなく気絶した。

◇◇◇

「この子が暗殺者かい？　またずいぶん可愛らしい刺客だな」

失神しているベルレナを見て、ケットさんが拍子抜《ひょうしぬ》けしている。

まあこんな少女が凄腕《すごうで》殺し屋を超える隠密力を持ってるなんて、なかなか信じられないよね。

僕は気を失っているベルレナをみんなのもとに運《はこ》び、そして『上級罠製作《ハイグレード・トラップメーカー》』を使って即席で作った『くすぐりトラップ』に縛《しば》りつけた。

これがまた想像以上に強烈な効果があるようで……

正直、あまり気が進まないんだけど、ベルレナが情報を喋ってくれないならコレを使うしかない。

こんなところでモタモタしてる時間もないしね。

ホントに可哀想なので、できればベルレナには素直に口を割ってほしいところなんだけど……

「何よ、こんな変なモノに縛りつけて！　私は何も喋らないわよ、手足をもぎ取られても話さないんだからね！」

目を覚《さ》ましたベルレナが、拘束された手足をジタバタさせながら反抗的な言葉を言う。

「いや、そんな酷《ひど》いことはしないけど、でも喋らないと絶対後悔《こうかい》するよ？　お願い喋って」

「ふーんだ！　何をするつもりか知らないけど、やれるものならやってみなさいっ！」

ああ……やっぱりダメか。

仕方なく、僕は『くすぐりトラップ』のスイッチを押した。

「うへっ、うひひっ、ぎぃっひゃひゃひゃひゃあああああああ～っ！　しゃへる、なんれもひゃへりまひゅうううううううう～っ！」


だから言わんこっちゃない。あ～もう、クラスメイトのこんな姿を見たくなかったのに。

ベルレナはみんなになんとも酷い姿を晒《さら》したあと、結局洗《あら》いざらい喋ることになった。

ゴメン、本当にゴメンね。

とりあえず、ベルレナをまた気絶させて馬車に積《つ》み、僕たちは再び出発した。

3. 魔王ガールズ見参《けんざん》！

馬車は森を抜け、見晴らしのいい道をひたすら進んでいく。王都まであと三時間ほどってところだ。

このまま行けば日が暮《く》れる前には着くだろうけど、ベルレナから聞いた情報を考えると、そう簡単にはいきそうもないな。

「ピーッ、ピピーッ！」

何ごともなく順調に馬車で走り続けていると、アニスさんのスキル『妖精騎士団《フェアリーナイツ》』の『見張りっ子《ウォッチャー》』が、敵の気配を感知して警戒《けいかい》の鳴き声を上げた。

僕もすでに『領域支配』によって気付いていたけど、見通しがいい道だけに、すでに目《もく》視《し》――『遠見《とおみ》』のスキルでその姿も見えている。

馬車の前方に立つ人影は、男四人と女子一人の全部で五人。

ベルレナの情報通り、そこに待ち伏せていたのは、細身で少し背の高い『星幽体《インビンシブル》』のザフィオス、中肉中背《ちゅうにくちゅうぜい》ながら細マッチョの『闘気術《オーラマスター》』キース、セミロングの茶髪でクラスの中でも特に大人びていた『超能力《エスパー》』のマズリィン、短髪で大柄《おおがら》な『肉体鬼《ドーピング》』のバングラー、そして『次元斬』のジュードだった。

「いくらヒロでも、このクラスの敵を五人も一度に相手するのはきつそうだが、本当に一人でやるのか？　手助けが必要ならいくらでも力になるが？」

「ワタシもだ。どうするヒロ？」

「大丈夫、僕だけでやります！　皆さんは警戒を怠《おこた》らないでください」

ヨシュアさんとディオーネさんの申し出を断《ことわ》り、当初の予定通り僕一人で戦うことにする。

あの五人は今までの敵とは少々ランクが違う。元クラスメイトの中でも最上位の力を持ったヤツらだ。

そのさらに上にはイザヤやゴーグもいるが、彼らの力もそう劣《おと》るものではない。アイツらの相手は、ヨシュアさんやディオーネさんじゃ荷が重すぎる。

問題は、僕がどこまで手加減《てかげん》できるかだ。

ただ殺すだけなら容易《たやす》い。しかし、もちろんそんなことはしたくない。

ヤツらを殺さずに無力化するのが課題だが、相手は五人もいるだけに、果たして達成可能かどうか……

バラバラに距離を取られたら、僕でも対応に苦労するだろう。

戦ってる最中、僕から離れていきなりアニスさんたちを襲う可能性もある。

その場合、彼らを止めるために僕も無茶をするかもしれない。

負けることはないと思うけど、最悪、彼らの中で犠牲者《ぎせいしゃ》が出ることを覚悟しないとダメかも。

馬車はクラスメイト五人の前まで近付き、僕らは馬車を降りて彼らの前に立つ。

「ベルレナが戻ってこないからしくじったとは思っていたが、こんなヤツらにアイツはやられたのか？　相変わらず使えないヤツだ」

「しかしユーリの姿が見えないな。てっきり一緒にいると思っていたんだが……おいお前たち、ユーリは来ていないのか？」

肉体派のバングラーと冷静なザフィオスが、僕たちを見て状況を確認している。

　どうやら『ユーリ』がやってくると思っていたようだ。赤牙騎士《ブラッドナイト》も僕のことを知っていたし、魔王軍は僕《ユーリ》のことを警戒しているみたいだな。

「変ね。彼らは魔王軍なのに、何故私たちと『魔王ユーリ』が一緒にいると思っているのかしら？」

　アニスさんがザフィオスの問いかけに疑問を感じている。

　彼女はエーアスト軍のカイダ侵攻は『魔王ユーリ』の仕業と思っているようだから、ザフィオスの発言をおかしく思うのは当然だろう。

　まずいな……ちょっとややこしいことになるかも。

「バカなことを聞くな！　ワタシたちと『魔王ユーリ』が一緒に行動するわけなかろう！」

　ディオーネさんが少し怒りを込めて返答した。

「ユーリは魔王様なんかじゃねえよ。ちっ、そんなくだらねえこと言うってことは、やはりユーリは来てねえのか」

　アテが外《はず》れたといった表情をしながら、キースが残念そうに吐《は》き捨てる。

「『ユーリ』は『魔王ユーリ』じゃないだって!?　なんだそれ、どうなってんだ!?」

　ケットさんが混乱するのも無理はない。

　しかし、ここで『魔王ユーリ』がエーアストの魔王軍とは無関係と判明してくれれば、今後やりやすくなるかもしれないな……さらに混乱を招《まね》きそうでもあるけど。

「てっきりユーリが来たと思ってたんだがな。ユーリ以外にここまで来れるヤツがいるとは驚きだ」

「どっちみち、あたしたちに殺される運命だけどね。さて、じゃあ戦いを始めましょうか」

ジュードとマズリィンの発言のあと、クラスメイトの五人は戦闘態勢を取る。

覚悟していたことだけど、やはり戦うしかないようだ。

みんなが狙われないように、戦うのは僕一人だと分かってもらわないと。

「こっちは戦うのは僕一人だ。君たち程度なんて、僕一人で充分だからね」

あえて挑発する。これで、僕一人を狙ってくれるだろう。

「おいおい、このオレたち相手にたった一人で戦おうってか？　まさかここまでナメられるとは思ってなかったぜ」

「なるほど、お前がそっちの大将ってわけか。ふーむ……大して強そうには見えないけどな」

バングラーとザフィオスが呆《あき》れかえっている。僕なんて大したことないと思っているらしい。

僕に意識を集めるため、もうちょっと挑発したほうがいいかな。

「砦の敵は全て僕一人で倒したよ。殺し屋たちなんて僕の敵じゃなかった。それがウソでないことを証明してみせよう。君たちにもプライドがあるなら、正々堂々僕だけを狙ってこい」

ヒュオンッ！

……ガラガラガラッ。

長竿《ながざお》で風を切るような異音がしたかと思うと、六、七メートルほど離れた場所にある大岩——高さ五メートルの巨岩が、少しナナメの角度で上下に真《ま》っ二《ぷた》つに斬《き》られ、その上部の岩がゆっくりと崩《くず》れ落ちた。

残された大岩の下部は、まるでナイフで切ったチーズのように綺麗《きれい》な切断面《せつだんめん》だ。

「プライドだのなんだのと煽《あお》ってきやがってムカつく野郎だ。正々堂々？　バカにするな！　こっちこそ、お前らなんてオレ一人で充分だぜ！」

真っ先にキレたのは、『次元斬』のジュードだ。短気なところは変わってないみたいだな。

ジュードは学校時代から少々気が短く、あの無法者ゴーグとうっかり揉《も》めたこともあった。

当然ボッコボコにシメられてたけどね。

しかし、凄い破壊力だな……今のが成長した『次元斬』の威力か。

物理防御を全て無視して空間ごと切断する、まさに異次元の必殺技。

以前は発動時間が短く間合《まあ》いも至近距離のみで、それほど脅威《きょうい》ではなかったけど、今は間合いも伸《の》びたし威力もドラゴンすら軽く両断できそうだ。

そう、破壊力だけで言うなら、恐らく最強のスキルだろう。

もちろん、戦闘はほかにもいろんな要素が関わってくるので、ただ破壊力が高いだけでは無敵とは言えないけど。

ちなみに、『真理の天眼』の解析によるとジュードの『次元斬』はまだレベル3なため、結界などの防御によって切断能力が低下してしまうようだ。

まあ『次元斬』のような上位スキルのレベル3って相当凄いので、結界で防ぐと言っても、熾光魔竜《ゼイン》クラスの化け物じゃないと無理だけどね。

負《ふ》の効果を九十九パーセントカットする僕の『神盾の守護《イージスフィールド》』にも『次元斬』は通用しないけど、これらは特殊な例であって、通常は避けそこなったらジ・エンドだ。

「おい、アイツの戦闘力は15000だ！　オイラが測定した人間の中では最高値だぞ！」

「15000だと⁉　じゃああの『ナンバーズ』の1《エース》や『玩具屋《がんぐや》』が操る『ニケ』よりも強いってことか！」

ジュードの強さに、ケットさんとヨシュアさんが驚いている。

確かに『次元斬』は凄いけど、だからといってジュードがシャルフ王やネルネウスさんに勝てるとは思わない。

攻撃を当てられないからね。

戦いには相性《あいしょう》があるから、単純な戦闘力だけでは勝ち負けは決まらない。

いくら『次元斬』でも当たらなければ意味がないので、回避《かいひ》能力に長《た》けたシャルフ王やネルネウスさんとジュードは相性が悪いだろう。

その代わり、ドラゴンのような凶悪《きょうあく》なモンスターと戦うときは、攻撃力の低いシャルフ王やネルネウスさんよりもジュードのほうが活躍できるはず。

ケットさんも言ってたけど、数値はあくまでも目安だ。ジュードは、高い可能性を秘めた存在ということだろう。

当てることができるなら、ヴァクラースにすら勝ててもおかしくないからな。

ここでジュードと会えたのは、僕にとって幸運かもしれない。

『次元斬』はヴァクラースに対する秘密兵器になる。絶対にコピーさせてもらおう。

「ヒロ、ホントに一人でいけるのか？　お前のことは信じているが、アイツの技はヤバすぎるぞ。といったところで、アイツら相手じゃオレなんか到底太刀打《たちう》ちできそうもないんだがな」

「確かに、ヒロ以外じゃアイツらと戦うのは無理だ。『測定者《カウンター》』で見たら、さっきのヤツ以外も全員戦闘力8000を超えてる。とんでもない集団だ」

ヨシュアさんとケットさんの言う通り、僕以外では彼らと戦うのは無理だ。

『次元斬』のジュードは別格としても、ほかの四人も結構厄介《やっかい》な能力なんだよね。

とてもじゃないけど、ヨシュアさんやディオーネさんに戦わせるわけにはいかない。

「大丈夫ですよ、僕を信じてください」

「分かってます。ヒロ様が負けるはずありませんわ」

「ああヒロ、お前は無敵だ。アイツらを蹴散《けち》らしてやれ！」

アニスさんとディオーネさんが僕に微笑《ほほえ》みかける。

僕はみんなを見回して頷いたあと、クラスメイトたちのほうに向き直って歩いていく。

「本当に一人で俺たちを相手するようだが、手加減はしてやらないぜ。万が一にも負けるわけにはいかないからな。ジュード、キース、バングラー、マズリィン、本気でいくぞ」

ジュードと違って冷静なザフィオスが、メンバーの気を引き締《し》める。

ザフィオスは昔からクレバーだったからな。イザヤとは違ったリーダータイプだ。

一対一と違って五対一では戦闘の難易度《なんいど》がケタ違いなので、最善の結果が出せるか不安はあるけど、とにかくやるしかない。

案の定《じょう》、五人は距離を取って間合いを調整してるな。敵ながらいいチームワークだ。

この調子で彼らにバラバラに動かれて場を撹乱《かくらん》されたら、たとえ僕でも対処は難しいだろう。

スキルを強奪すれば戦いは楽になるが、『スキル強奪』だとあとで返さなくちゃならない。よって、可能なら『スキルコピー』で済ませたいところ。

彼らが手強くてどうしても無理そうなら、強奪もやむなしか。なんにせよ、『スキル支配』の効果は一人につき一回しか使えないから、慎重に考えて使わないとな。

もしも最悪の事態になりそうなときは、即殺も辞《じ》さない。迷《まよ》いがあっては危険だ。甘い考えでは犠牲が増えるだけなので、僕はこの戦闘に対する覚悟を決めた。

「それでは、五対一だけど始めさせてもらうぞ。卑怯《ひきょう》だと思うなら、そちらも五人で来るがいい」

「お気遣《きづか》いありがとう。でも僕だけで平気さ」

「その減《へ》らず口、後悔させてやる！」

いよいよ戦いの火蓋《ひぶた》が切られる。

さすがの僕も、緊張にツバをごくりと呑《の》み込んだところで、突然周囲に異変が起こった。


シュシュンッ！

僕たちのすぐそばに、いきなり数人の気配が出現したのだ。

僕は慌ててその気配の方向を見る。

ちょ、ちょっと待て、こんなの予定にはないぞ⁉

「なっ、なんだ⁉　いきなり人数が増えたぞ⁉」

「ウ、ウソでしょ⁉　あなたたちは……！」

「あら、懐《なつ》かしい顔ぶれが揃《そろ》ってるじゃないの。久しぶりね、マズリィン」

その場に現れたのは……メジェール、リノ、フィーリア、ソロル、フラウの五人とルクだった！

◇◇◇

「あの方たちは……勇者メジェール様とエーアストのフィーリア王女様では⁉」

アニスさんがメジェールたちの正体に気付く。そういえば面識《めんしき》あったもんね。

「なんだって⁉『魔王ユーリ』に洗脳されたっていうアレか⁉」

「えっ、じゃあ、あの五人が噂に聞いた『魔王ユーリ』の側近《そっきん》、魔王ガールズなのか？」

アニスさんの発言で、ヨシュアさんとケットさんも状況を理解する。

「ど、どういうことだ⁉　なんでお前たちがいきなり現れたんだ⁉」

「なんなの？　いったいどうなってるのよっ⁉」

それに対して、ザフィオスやマズリィンはまだ状況が呑み込めていないようだ。

今まさに戦闘が始まろうとしていたけど、突然現れたメジェールたちにみんな大混乱状態となっている。

しかし、いったい何しに来たんだ？　ゼルドナで待っていてって言い聞かせたのに……

おかげで想定外の事態になっちゃったぞ⁉

メジェールたちが現れた方法は分かっている。僕の『転移水晶』を使ったんだ。

『転移水晶』は自動的に僕の移動を記録し、いつでも誰が使ってもその記録した場所に転移できるアイテムだ。よってここにも問題なく転移できる。

それはいいんだけど、メジェールたちの目的はなんだ？　せっかく僕が積み上げてきた信頼が、彼女たちのせいでメチャクチャになりそうなんだけど？

さすがの僕も抗議の目でメジェールを睨《にら》もうとしたら、逆にめっちゃ怖い目で睨み返されました。

メジェールどころか、リノやフィーリア、ソロル、フラウまで、なんかみんな怒ってるっぽいのは何故？　ちょっと怖いんですけど……

ルクだけは嬉しさ全開の表情で僕に飛びついてきた。

「ンガーオ、ンガーオ！」

「ははっ、元気だったかいルク？」

うん、久々にルクをモフれて僕も幸せだ。

おっと、うっかり今の状況を忘れそうになっちゃった。大変な事態になってるんだった！

「こりゃ大変なことになったぜ!? 魔王ガールズってことはつまり魔王軍だよな!? 彼女たちは敵の助《すけ》っ人《と》に来たってことか！」

「いくらヒロでも、あのクラスを十人相手は厳《きび》しいんじゃないか？ オレたちじゃ力になれねぇし、どうすりゃいいんだ!?」

メジェールたちを魔王軍の援軍と勘違いしたケットさんとヨシュアさんが慌てふためいている。

混乱がどんどん増していくんだけど、これどうすればいいんだ？

「くっ、そこのお前っ！ やはり一人で砦の殺し屋たちを倒したというのはウソだったんだな!? メジェールたちがやったんだろっ！」

「えっ、僕っ!? ウソなんかついてないって、ホントに僕一人で……」

ザフィオスにウソつき呼ばわりされて僕も一瞬慌てる。

「いったいなんの話よ？ アタシたちは今来たところなんだけど？」

「もう騙されないわよメジェール！ あなたがいたなら、砦が奪還されたのも納得いくわ！」

　メジェールも突然わけの分からないことを言われて困ってるみたいだ。

「何か分かりませんが、魔王軍同士で揉めておりませんか？」

「確かに、ワタシにもそう見えますが……」

　この一連の流れを見て、アニスさんとディオーネさんも首を傾《かし》げている。

　うん、もうぐちゃぐちゃだ。とそこでアニスさんがこっちに近付いてきて、恐る恐るメジェールに話しかける。

「あの……メジェール様、私はファーブラのアニスです。私のことがお分かりになりますか？」

「あ、アニスじゃない！　久しぶりね、元気してた？」

「私のことが分かるのですね⁉　良かった、洗脳されていても記憶が残っていてくれて」

「洗脳？　ってアタシのこと⁉　なんでそう思ったの？」

「メジェール殿が『魔王ユーリ』に洗脳されたと聞いて、ワタシたちはずっと心配していたのです」

　メジェールとアニスさんの様子を見て、ディオーネさんもこっちにやってきた。

　そしてケットさんとヨシュアさんも、顔をちらちら見合わせながらこちらへ歩み寄ってくる。

「あら、ディオーネもいたのね！　じゃあひょっとして女性二人っていうのは、アニスとディオーネのことだったんだ！　ちょっと安心したわ……って、『魔王ユーリ』⁉　何それ、どういうことなの⁉」

そう言いながら、メジェールが僕のことをぎらっと睨む。

待って、知り合いとバレたらまずいんだって！　僕は必死に目配《めくば》せして意志を伝えようとする。

「アンタまさか、その誤解まだ解いてなかったの？」

「メジェール様、ヒロ様とお知り合いなのですか？　いったいどこで……？」

「え？　だってこの男は……」

アニスさんの質問にメジェールが答えようとする。

あわわやばい、僕の正体を言われちゃう！

僕は慌ててメジェールの言葉を遮《さえぎ》るように発言した。

「あーゴホン、勇者メジェールさんご無沙汰《ぶさた》しておりました。メジェールさんに鍛《きた》えられたおかげで、僕も強くなることができて感謝しています」

僕はもうその場の思いつきで言い訳をした。

まったく予想外の緊急《きんきゅう》事態なんで、整合性《せいごうせい》なんて全然考えてないよ。

何かのアラをツッコまれたら返答のしようがないけど、ここは強引に押し通す。

「ええっ、メジェール様がヒロ様をお鍛えになった？　ということは、ヒロ様のお師匠《ししょう》様ということですか⁉」

「そ、そう、そうなのです！」

アニスさんの質問に間髪《かんはつ》を容《い》れずに僕が答えると、メジェールは開いた口を閉じて苦い顔をした。

仕方ないわねーといった表情だ。僕の意図が分かってくれたようで何より……

「いやちょっと待て、噂じゃ『勇者』は今魔王軍なんだろ？　ヒロより強い勇者が敵に回っちまってるんじゃ、もう人類に勝ち目はないぜ？」

「アタシは魔王軍じゃないわよ。誰がそんなこと言ったの？」

ヨシュアさんの言葉にメジェールが憤慨《ふんがい》する。

一応建前《たてもの》としては、勇者メジェールは『魔王ユーリ』の監視役ってことになってるんだけどね。でも世間的《せけんてき》には、魔王の軍門に降《くだ》ったっていう見方が多いようだ。

「メジェール様のことは、イザヤ様からお聞きしたのですが……メジェール様は『魔王ユーリ』に捕まってしまい、恐らく洗脳されてしまったのだろうと。フィーリア王女様も同じように洗脳されているとか」

「イザヤめ……！　あーそれ全部ウソだから！　アタシは洗脳なんかされてないし、そもそもユーリは魔王なんかじゃないのよ」

「『魔王ユーリ』が魔王ではない？　そ、そんなはず……！」

メジェールの説明にアニスさんが困惑する。

そこにディオーネさんが口を挟んだ。

「メジェール殿、あなたを疑いたくはないが、その認識こそが洗脳されている証拠《しょうこ》なのでは⁉」

んー、もはや完全に収拾《しゅうしゅう》がつかない状態だ。

洗脳されてないことを証明するのって、本当に難しいよね。

「おーい、お前ら話はもういいだろ。ぼちぼち戦闘開始といこうぜ」

まだ混乱収まらない僕たちの横から、業《ごう》を煮《に》やしたジュードが茶々を入れた。

「メジェール、真打ちのお前が来たなら、こんなカス男なんかにもはや用はない。オレと勝負しろ！」

カス男って僕のことか？　完全にウソつき男と思われてるんだろうな。

まあ別にいいけど、でもちょっと悲しい……

「あらジュード、大きく出たわね。勇者であるアタシと勝負しようだなんて、命知らずにもほどがあるわよ？」

「昔のオレと一緒だと思うなよ？　強化しまくったオレにとっては、もう勇者《おまえ》なんて敵じゃねえんだ」

「うふふ、売られたケンカは買うわ。勇者の力を思い知らせてあ・げ・る！」

メジェールのヤツ、ノリノリだな。

アレかな、僕に対するうっぷんをジュード相手に晴らそうって気かな？　もしそうなら、ジュードには申し訳ないが、メジェールの怒りのガス抜き相手になってくれると助かる。

「待てジュード、俺たちも加勢する」

「そうよ、メジェール相手に一人は無謀《むぼう》だわ！」

「おっと、そうはいかないわ！　あなたたちの相手は私たちがしてあげる」

「そうですわ。ちょうど五人ずついることですし、五対五で戦いましょう」

ザフィオスとマズリィンが加勢しようとしたところ、それを制止して五対五での戦闘を提案するリノとフィーリア。

どうやら自信があるみたいだが……

「おいおい、お前たちなんかいくら強くなっても、俺たちの相手にはならないぞ」

「そうね、戦闘の邪魔をするなら、リノたちも始末するわよ？」

「ほう、威勢《いせい》がいいな。オレはアマゾネスのソロルってもんだ。是非お手合わせ願いたいもんだぜ」

「ワタシは天才冒険者のフラウデス！　ワタシの力をお見せしマスよ～っ！」

ソロルとフラウもやる気満々だな。

そういえば僕がこの任務に来る前、みんなはメジェールと一緒に色々訓練してたっけ。

きっと僕がこっちに来ているあいだも毎日特訓してたんだろう。その成果を試したいのかもな。

「こ、これはどういうことです？　何故魔王軍同士で争《あらそ》っているのです？　メジェール様は本当に洗脳されてないということですか⁉」

「ワタシにもさっぱり状況が分かりませぬ。それに、あの敵たちもメジェール殿も、『ユーリ』は魔王ではないと言う。だがその『ユーリ』は魔王を名乗っている。いったい『ユーリ』とは何者なのだ⁉」

アニスさんもディオーネさんも、この状況がまるで呑み込めないでいるようだ。

僕にも、どう行動すれば正解なのか分からなくなってしまった。

この戦闘だけど、迷宮で得た経験値でリノたちもかなりパワーアップしたとはいえ、ザフィオスやマズリィンたちも強力だからなあ。

まあメジェールは負けないだろうけど、リノたちは五分五分な気がする。

あまり僕の力を見せたくないが、『支配せし王国《キングダム》』で支援《しえん》してあげたほうがいいか？

……待てよ。僕のベースレベルを上げれば、『眷女《けんじょ》』であるリノたちにも僕の力が受け継がれ、全能力が上昇する。

支援するならこっちのほうがいいかも。これなら僕の力もバレないだろうし。

使いどころを悩んでいた経験値だけど、今こそ使うべきかもしれないな。

僕は経験値35億使って、自身のベースレベルを２０００まで上げた。

すると、『眷女』であるメジェールやリノたちもステータスが上がり、なんとカンストであるレベル９９９相当になってしまった。

個人で数値の差はあるけど、みんなパラメーターが各々《おのおの》の最高値に達している。

これでリノたちはステータス的には人類最強クラスだ。僕の魔装備《まそうび》も着けているし、これならザフィオスたちと戦っても負けないだろう。

ちなみに、レベル２０００になったので、僕のステータスもむっちゃ凶悪になってしまった。

レベル1から９９９まで上げるのと、９９９から２０００に上げるのとでは、上昇の幅《はば》が全然違うからね。

倍速で成長する『限界突破《とっぱ》』のおかげで消費経験値も半分で済んだし、いい強化ができたと思う。

「なんか……力がめちゃくちゃ漲《みなぎ》ってきたデス！」とフラウ。

「わたくしもですわ！　これならもう絶対に負けませんわね」とフィーリア。

「ありがとうユー……じゃなくてなんでもない」とリノ。

「へへっ、大暴《おおあば》れしてやるぜ。特訓の成果を見せてやる！」とソロル。

そしてメジェールが、準備の整《ととの》ったリノたち四人を見て力強く号令をかける。

「じゃあ戦いを始めましょ。みんな、いくわよ！」

「「「「おー！」」」」

勇《いさ》ましい返答を皮切《かわき》りに、魔王軍の神徒《しんと》 vs 『眷女』たちの戦闘が始まった。


メジェールたち五人と元クラスメイトたち五人は、お互い戦う相手を見つけて、自然に五対五の個人戦となった。

入り乱れてバラバラに戦うよりは、きっとこちらの形のほうが負傷者《ふしょうしゃ》は減るだろう。

対戦の組み合わせは、まずはフラウ vs SSランクスキル『超能力《エスパー》』のマズリィン。

『瞬間移動《テレポート》』や『念動力《サイコキネシス》』を駆使《くし》してマズリィンは戦うが、フラウはそれをものともせずに弓矢で追い詰めていく。

次にソロル vs Sランクスキル『肉体鬼《ドーピング》』のバングラー。

『肉体鬼《ドーピング》』は自身の肉体を究極《きゅうきょく》に強化する効果があるが、ソロルの身体能力も引けを取らず、そして鍛え上げた鋭《するど》い剣技によって押していく。

リノ vs Sランクスキル『闘気術《オーラマスター》』のキースでは、闘気を巧《たく》みに操りながらキースは戦っていたが、『敏捷《びんしょう》』と『回避』の高いリノは、それを軽々と躱《かわ》して得意な接近戦に持ち込んでいる。

フィーリア vs SSランクスキル『星幽体《インビンシブル》』を持つザフィオスの戦いは圧巻《あっかん》だった。

ザフィオスは自身をエネルギー体へと変換することで物理攻撃を全て無効にできる上、高出力のエネルギー攻撃を無尽蔵《むじんぞう》に撃ってくる強敵だが、しかしフィーリアはなんと『光魔法』でそれを圧倒していた。

あの『闇魔法』にしか興味がなかったフィーリアがだ。

ザフィオスの強烈なエネルギー攻撃を、自身の周りに光子《フォトン》の防御層を形成する『破魔の聖法衣《フォトン・ヴェストメント》』という『光魔法』で完全に無効化し、そして同じく『光魔法』でザフィオスにダメージを与えていく。

フィーリアは『闇魔法』ばかり使っていたが、元々『光魔法』の才能があっただけに、特訓で開花したのだろう。フィーリア以外のメンバーも、全員押している状態だ。

僕のベースレベルを2000に上げて『眷女』であるみんなの地力を底上げしたけど、ひょっとしたら必要なかったかもな。

それくらい、みんなは強くなっている。凄い進歩だ。

それに加えて、メジェールが持つスキル『軍神の加護《フィジカルブースト》』はパーティーメンバーの能力を引き上げるので、その効果も大きいかもしれない。

そのメジェール vs SSランクスキル『次元斬』のジュードだが……

「さっきまでの威勢はどうしたのジュード。アンタの『次元斬』、ぜぇーんぜん効かない

ない。

『次元斬』をジュードは自分の最適な間合いで繰り出すが、メジェールには一切当たらない。

「そんなっ、オレの無敵の『次元斬』が……!? いったいコレはどうなってんだ!?」

んだけど?」

いや正確に言うと、空間ごと全てを斬るはずの『次元斬』なのに、何故かメジェールを斬ることができない。

メジェールは『次元斬』を避けずに、全て喰らっているのにだ。

「メジェール様、凄い！ あれからさらにお強くなられているだろうとは思いましたが、まさかこれほどまでとは……！」

「いやこれは強いなんてものではありませんね、敵のあの恐ろしい技が、メジェール殿にまるで通用しておりません」

メジェールとジュードの戦いを見て、アニスさんとディオーネさんが感嘆《かんたん》の声を漏《も》らしている。

メジェールに『次元斬』が効かない理由――それは、『次元斬』が当たる瞬間のみ、メジェールは無敵効果の『夢幻身《アンタッチャブル》』を発動しているからだ。

『夢幻身《アンタッチャブル》』は超強力なスキルだが、発動持続時間が短いため、使いどころが少々難しかった。

その少ない無敵時間を最大限に利用するため、瞬間的にオンオフできるように特訓したんだろう。無駄に効果を使うことがないよう、攻撃を受けるときに合わせて断続的《だんぞくてき》に発動している。

言うのは簡単だけど、タイミングを一つ間違えれば死ぬ可能性すらある行為だ。

実戦で使えるようになるまで、かなり特訓したんだろうな。

まあメジェールには現象がゆっくりに見える『思考加速《スロービジョン》』もあるし、ジュード程度の攻撃は絶対に喰らわないだろうけど。

とまあジュードを少し見下《みくだ》しちゃったけど、彼はゴーグやイザヤなどを除いた最上位メンバーの中では別格の存在なんだけどね。

今回に限ってはメジェールが凄すぎなだけで、けっしてジュードは弱くない。洗脳が解けたら、対魔王軍の戦力として大いに活躍してくれるはずだ。

「す、す、すんげーっ！　勇者の戦闘力はなんと２１０００だ！　ケタが違うってのはこのことだぜ！」

ケットさんが『測定者《カウンター》』でメジェールの戦闘力を測る。

今のメジェールが21万なら、僕の本当の数値はどれくらいなんだろ？　１００万くらいいきそうな気がするけど、自惚《うぬぼ》れすぎかな？

それとも、意外に大した数字じゃなかったりして……

ヴァクラースよりは上の数値が出てほしいところだけど、ケットさんをヴァクラースに近付けるわけにはいかないし、数値を比べることはできないだろうな。

メジェール vs ジュード戦もすでに格付けは済んだようだし、そろそろこの両軍バトルの決着が付きそうだ。

「はあはあ、俺はもうダメだ、『星幽体《インビンシブル》』はしばらく使えない」

「オレも『肉体鬼《ドーピング》』が切れちまった……」

「オレの闘気も打ち止めだ」

「くそくそくそっ、無敵の『次元斬』が通用しないとは……！」

「信じられない、『魔王の芽《デモンシード》』で強化されたあたしたちが負けるなんて……」

元クラスメイトたちは全員負けを悟《さと》ったようだ。

……と思った瞬間、彼ら五人がいっせいに回り右して逃げだした。

えっ、敵に背を見せるつもり？

そういう場合、一応僕は手加減してあげるけど、背を向けた相手を見逃すような子じゃないよ……この肉食獣《しょうじょ》たちは。

「あっ、待ちなさいっ！　逃げるなんて情けないわよっ！」

「うるせえっ、オレたちは全滅するわけにはいかないんだ、あばよっ」

メジェールの怒声《どせい》を無視して、ジュードたちは全力でこの場を離れていく。

なんて恐ろしいことを……彼女たちに背を見せるなんて、ジュードたちは死にたいのか⁉

もとより、手負《てお》いの獲物《えもの》に容赦《ようしゃ》するような肉食獣《しょうじょ》たちではない。

「ぐふふふ……逃がすわけありませんわ！　面白くもない『光魔法』ばかり使ってストレスが溜《た》まっていたところです。あなたたちなら全力で撃っても大丈夫でしょう。『邪悪たる存在の進撃《ケイオス・インヴェイド》』～っ！」

フィーリアが『闇魔法』レベル10の呪い《カース》をジュードたちにぶっ放す。

彼らは『魔王の芽《デモンシード》』によって闇寄りの存在になっているが、『闇魔法』が無効になることはない。まあ効き目は弱くなるけどね。

ジュードたちは基礎《きそ》能力も高いので、重い負の効果《ペナルティ》を与えることはできないだろうけど、ちょっとでも動きが鈍《にぶ》ればそれで充分。

呪い《カース》で一瞬動きが止まったジュードたちに、肉食獣《しょうじょ》たちは一気に追いついてその牙《きば》を剥《む》いた。

「とりゃあああ～っ、首折りチョップ《ネッククラッシュ》～っ！」

ゴキッ！

「ほげええっ」

き……君たち何してるのっ⁉　僕は思わず自分の目を疑った。

追いかけたメジェール、リノ、ソロル、フラウの四人は、逃げた五人の首を手刀《しゅとう》で折ったのだ。

逃走を防ぐためとはいえ、元クラスメイトにそんなことするとは、まさに魔王の所業《しょぎょう》……

「ああ、やはり『闇魔法』は最高ですわ。なんて快感なんでしょう……」

こっちはこっちで、フィーリアが恍惚《こうこつ》とした表情で身体を震《ふる》わせてるし。

それにしても、暴れん坊メジェールはともかく、リノたちまで首折り技ってどういうこと？

「やったわメジェール、初めてだけど上手に折れたわ！」

「オレも教わった通り上手くできたぞ！」

「ワタシもデス！」

なんてことだ、メジェールから教わったのかあ～っ。しかも、実戦でいきなり使ってるし。

ジュードたちが死んだらどうするつもりだったんだよ……

まあよほど酷い折り方をして即死でもさせない限り、『完全回復薬《エリクシール》』で完治《かんち》できるから、それで余裕があるんだろうけど。

それにあのまま逃がすわけにもいかなかったし、『魔王の芽《デモンシード》』で強化された神徒相手には、ああする以外に手はなかったか……

「あ、あの女の子たち、首の骨を折ったぞ!? マジか!?」

「さすが魔王ガールズ、容赦ねーな」

ケットさんとヨシュアさんが今の行動を見て引いている。当然ですね。

「やはり勇者メジェール様は魔の手に落ちているんだわ！ その上、あの聖なるフィーリア王女様まで、暗黒の使者のような恐ろしい呪いの魔法をお使いになるなんて……」

「あれは『勇者』などではない……そう『闇勇者』だ！」

アニスさんとディオーネさんの勘違いもさらに深まってしまったようだ。

あの子たち、あれで素の状態なんですけどね。暗黒王女に闇勇者……ハマりすぎて笑えない。

んーまあでも、逃げるクラスメイトたちを止めるには『邪悪たる存在の進撃《ケイオス・インヴェイド》』が最適だったし、大人しくさせるには首を折るのが手っ取り早かったのも確かだ。あいつらに生《なま》半可《はんか》な重傷《じゅうしょう》を負わせても反撃を諦《あきら》めないだろうし、強引な手を使うのも仕方ないところ。

いきなり見たときは僕も驚いたが、メジェールたちなりに最善の策を取っている。

こういう事情を正確に理解してもらうのって難しいんだよね。ほかに良い手はなかったのかって思われちゃうし。

みんなの名誉回復のためにも、今のことを僕はアニスさんたちに説明した。

「そ、そうなのかヒロ!?」

「はい。ヤツらを絶対逃がさないためなら、僕でも無茶なことをしたかもしれません」

「ふーむ……言われてみれば、あの勢いで逃げられてはやむを得ないかもしれぬ」

ケットさんもディオーネさんもなんとなく納得してくれた感じだ。

「でもヒロ様、フィーリア王女様がとてつもなく邪悪な気を放っていたような……？」

「あ、あはは、それは多分気のせいですよ。アニスさん疲れが溜まってるんじゃないですか？」

「そうかしら……」

やばかった……フィーリアにはなるべく本性《ほんしょう》を隠してもらうことにしよう。

と、僕たちが話しているあいだに、メジェールたちは気絶したクラスメイトたちを全員こっちに運《はこ》んできた。

うん、ホントに上手に折れてるね。打撃の角度や力加減だけじゃなく、魔力も上手く利用してるのかな？　とにかく、これなら『完全回復薬《エリクシール》』を使わなくても、エクスポーションで完治できるかもしれないくらいだ。

何はともあれ、首の骨を『完全回復薬《エリクシール》』で治療《ちりょう》してあげたあと、『波動撃掌』でもう一度みんなを気絶させていく。

二回も酷い思いさせてスマンね。でも、逃げなきゃこんな目に遭《あ》うこともなかったろうに……

全てが一段落したところで、メジェールたち五人が僕の前に集まってきた。

「さぁて、ユー……じゃなくてヒロ、聞きたいことはたくさんあるわよ。覚悟しなさいよね」

うう、とうとうこの時間が来ちゃいましたか……

ルクの顔を見ると、「パパが悪いんだから仕方ないよ。頑張ってね」というような表情をしてる。

そうか、ルクも僕を庇《かば》ってくれないのか……僕は観念《かんねん》した。

4. お説教の時間です

僕の目の前にはメジェールやリノたちがズラリと並び、腕組みしながらこちらを睨みつけている。そのあまりの迫力《はくりょく》に、僕は無意識のうちに正座しそうになっていた。

いや、アニスさんたちさえいなければ、迷わずそうしていただろう。訳が分からないまま、土下座《どげざ》すらしていたかもしれない。

とにかく絶対に逆《さか》らってはダメだと思った。

選択を間違えれば殺される。不死身の僕だけど、きっと殺される。

しかし、この凄《すさ》まじい怒りの原因はなんだ？　怖すぎなんですけど？

思い当たるのは、アニスさんとディオーネさんのことだけど……問題は僕と彼女たちの関係についてどこまで知っているかで、さすがに婚約状態になってることまでは知らないはず。

そのことをとぼけるべきか、はたまた正直に話すべきか、凄く悩む。

いや、フィーリアの『聖なる眼』を騙すのは難しい。やはり正直に言うべきか……

「ヒロ・ゼイン、アタシたちが聞きたいことは分かってるわね？」

「え？　いや、その……な、なんでしょう？」

メジェールの気迫《きはく》に押されて、ついとぼけることを選択してしまった。

「なんで勝手に婚約なんてしてるのよっ！　しかも二人と！　相手はいったい誰よっ!?」

ぎょえええええっ、ぜ……全部バレてるううう～っ！

な、なんで知ってるの!?

ああっそうか！　婚約のことを知ってるのは、ファーブラ女王陛下の姪《めい》ミユナーゼ様くらいだ。

砦の牢《ろう》から助け出したあと、シャルフ王の治《おさ》めるフリーデンにお送りしたけど、恐らくメジェールたちがフリーデンに行ってミユナーゼ様から僕の様子を聞いたんだ。

そのとき、ミユナーゼ様は悪気なく喋っちゃったんだろう。

これは失敗したなあ……今回の任務中、みんなのことを完全に放置しちゃってたもんね。

どこかで時間を見つけてメジェールたちと会っていれば、彼女たちがフリーデンまで行くようなこともなかった気がする。

でも、アニスさんたちがずっとそばにいて、なかなかそんなタイミングがなかったんだよね。

困った、なんて言い訳しよう……

「あの……メジェール様、何故私たちとヒロ様の関係を知っているのですか？」

そばにいたアニスさんが、状況を確認するように恐る恐る話しかける。

「あ、やっぱり婚約の相手ってアニスとディオーネだったのね。ほかに別の女がいたらどうしようかと思ってたところよ」

「婚約と言いましょうか、私たちはもう夫婦同然、つまり結婚しているようなものですが……」

うおおおおおおメジェールやリノたちから凄い殺気があああああっ！

殺気だけでヴァクラース殺せるぞコレ⁉　まずいよ、みんな壮絶《そうぜつ》に勘違いしてる！

僕たちは結婚どころか、一応正式には婚約すらしてないのにぃっ！

「そう……これはもう浮気《うわき》の範疇《はんちゅう》を超えてしまったようね……」

「わたくしたちはまだキスすらしていないのに、よその女とそういう関係になってしまったということですか……」

「待って待って、僕は何もしてない、ホントだーっ！」

真っ先に爆発しそうになっているメジェールとフィーリアを必死になだめる。

それにしても、アニスさんってば自分が爆弾発言したことなんて全然気付かず、顔を赤らめて恥《は》ずかしがってるし。

アニスさんとディオーネさんのほうにメジェールたちの怒りが向かなかったのはありがたいが、その代わり僕がホントに殺されそうだ。

「すまぬ、ちょっと聞きたいのだが、ワタシとアニス様がヒロと結婚しているのがそんなに問題なのか？　あなたたちはヒロとどういう関係なのだ？」

「私はユー、じゃなくてヒ、ヒロと幼馴染み……」

「ワ、ワタシはご主人様のド、ドレぃ……」

「そもそも、婚姻《こんいん》に関してはオレが最初……」

「待ってみんな、この女性たちはアタシの知り合いだからアタシが話すわ。この男ヒロはアタシの弟子《でし》だからアタシのモノ……いいえ、アタシたちのモノなのよ！」

ディオーネさんの質問にリノ、フラウ、ソロルが答えていたところ、メジェールが強引に遮って暴論《ぼうろん》をかましてきた。

「ええっ、メジェール様、そんな理屈《りくつ》があるんですか⁉」

「あるの！　勇者であるアタシが決めたんだから間違いないわ」

凄い初耳ですね。メチャクチャな理論だし。アニスさんが驚くのも無理はない。

でもメジェールってば、とっさに考えた割にはなかなか面白い主張だな。

さっき僕が言った『戦闘の師匠』という立場を利用するとは……

「だいたいアニスとディオーネは、なんでこの男とそんな関係になってるの？」

「それは……私もディオーネも、ヒロ様に身体の隅々《すみずみ》まで見られてしまったからです……」

あああああああメジェールたちのこの殺気、もはや魔王も殺せるうううううう〜っ！

身体の隅々までなんて見てない、見てないのにぃっ！

アニスさんてば色々怖いぞ、思い込みが凄い気がする。暴れん坊ばかりのウチの子たちを見て、奥ゆかしい人に少し憧《あこが》れたけど、そういう人ほど実は危険なのか⁉

「そう……本当に身体の関係を持ってしまったのね」

「持ってない、何もしてないよ、ホントだって！」

「フィーリア、ウソかどうか見抜いて！」

メジェールに言われて、フィーリアが僕の心を探ろうと見つめてくる。

「ユー……ではなくてヒロ様、このお二人の裸は見ていないのですね？」

「ええっ、は、裸は……見て……ないよ?」

ううっ、認めるとヤバい気がしたから、とっさにウソついちゃったよ。

どうかバレませんように……

「ウソですわ！　わたくしには分かります！　ヒロ様はこの女性たちの裸を見ています わ！　ヤッちゃってるんですわ！」

うわっ、ソッコーバレた！　やっぱりフィーリアにはウソをつけないっ。

って、ヤッちゃってるとか言うなんて、王女様がちょっと下品だぞ！

「ヤッてない、確かに裸は見ちゃったけどヤッてないって！」

あーなんか僕も口から勝手に言葉が出ちゃってる、我ながらパニック状態だ。

「男らしくないぞヒロ殿っ、裸だけ見て何もしないなんて状況があるのか⁉　アマゾネスのオレにだってそれくらい分かる！」

「わぁーん、絶対同時にヤッちゃってるんだわ、3Pってヤツよ！　不潔《ふけつ》だわ～っ」

リノまで下品になっちゃって、もうどうするんだコレ⁉

まるで収拾つかないよ……

「まあまあ魔王ガールズのお嬢さんたち、男なら3Pくらい普通だって！　なんなら君たちもオイラとおおおおおおおおっ……」

あ～よせばいいのに、ケットさんが火に油を注いでボコボコにあああああ～……

ありがとうケットさん。あなたが尊《とうと》い犠牲となってくれたおかげで、みんなが冷静になってくれました。

ケットさんのことはけっして忘れない……（ケットさんは無事です）。

◇◇◇

「あ〜、そういうことだったのね。理解したわ」

「うんうん、分かってくれて嬉しいよ……」

改めて、最初から順を追って説明したら、ようやくみんなは怒りを収めてくれた。

敬虔《けいけん》なファーブラの女性であるアニスさんとディオーネさんは、たとえハプニングであったとしても、男性に裸を見られたらその男の妻になるしかないと。

とまあ僕が無実なことは分かってもらえたけど、婚約者という関係が解消されたわけじゃないんだよね。それについてはまだメジェールたちも納得いってない様子だけど、とりあえず僕が何もしていないことが分かってホッとしているようだ。

「私たちとヒロ様の関係を理解していただけたようなので、次は私のほうからメジェール様たちにお伺《うかが》いしたいのですが……本当に洗脳はされておりませんか？」

アニスさんがずっと気になっていたことをメジェールに確認する。

「ぜんぜんされてないわよ。アタシ変わってないでしょ？」

「いいえ、大変言いづらいのですが、以前のメジェール様はもっとおしとやかだった気が……」

「ブ――ッ」

……いけね、あまりのことについ我慢できずに噴《ふ》き出しちゃった。

いや、ファーブラではネコ被《かぶ》ってるだろうとは思ってたけど、メジェールがおしとやかというのは逆に想像を絶《ぜっ》するよ。

そんな姿、僕は一度も見たことないからね。ゼルドナでも、宮殿にいるときはだいたい凄い格好でひっくり返ってたし。

「ヒロ……今のはどういうことかしら？　何かアタシに不満でも？」

「なんでもない、ホントなんでもないです。ちょっと口に砂が入っちゃっただけです」

「次それやったら殺すわよ」

メジェールに釘《くぎ》を刺される。噴いただけで殺されるとか、なんて割に合わないんだ。

笑われたくないなら、もう少し僕の前で女性らしいところ見せてくれればいいのに……

まあ料理は上手だけどね。

「ゴホン、確かにアタシの本来の姿は慎《つつ》ましい少女なんだけど、でもイザヤとかの前では割とこんな感じだったのよ」

慎ましい少女……紙一重《かみひとえ》でまた噴き出すところだった。

僕を笑い死にさせる気か！　危《あや》うく命拾いしたよ。

「では、メジェール様はそうなのかもしれませんが、フィーリア王女様の変わりようはもはや別人です。世界に知られた天使のような可憐《かれん》さが、今や見る影もありません」

「ブホ――――ッ！」

笑わないように必死に我慢していた分、アニスさんの的確な言葉がドストライクに刺さっちゃって、思わず盛大《せいだい》に噴き出してしまった。

そうだったね、フィーリアは元々超絶《ちょうぜつ》美少女という枠《わく》だったよね。

今ではすっかり残念な子ってくくりになっちゃったけど。

「ヒロ様……今の会話に噴き出すような言葉はありましたか？」

「いえ、ないです。フィーリアは今でも可憐です」

「ウフフフ、分かればいいんですのよ」

「そ、それです！　フィーリア王女様がこんな邪悪な気を発するわけがありません。これこそ、『魔王ユーリ』に洗脳されている何よりの証拠です！　ヒロ様のお力で元に戻してあげてください！」

ああほら、フィーリアが暗黒オーラを出すから……

以前のフィーリアを知ってる人は、絶対に今の彼女を信じられないよね。僕だって信じたくないくらいだからなあ。

まあ今のフィーリアも好きだけどね。

むしろ慣れてしまえば、以前のフィーリアよりずっと親《した》しみやすくて気も楽だ。

「ファーブラのお方、わたくしも洗脳されておりませんよ。わたくしたちはあなた方の味方です」

「しかし、あなたたちは『魔王ユーリ』の……」

フィーリアの言葉をなかなか信じようとはしないアニスさん。仕方ないけど。

「ユーリ様は魔王ではありません。本物の魔王に対抗する救世主です。ゼルドナが平和に統治《とうち》されていることは知りませんか？」

「それは聞き及《およ》んでおりますが、罠ということも考えられます。それに、『魔王ユーリ』がエーアスト軍を操ってカイダ国を侵略《しんりゃく》したではないですか」

「ユーリ様はそんなことをしておりません。そもそもユーリ様はエーアスト軍と敵対しております。先ほど魔王軍の者たちをわたくしたちで退治したのがその証拠です」

「そ、それは確かに驚きましたが、しかしこのことも『魔王ユーリ』の策略《さくりゃく》なのでは？もしくは魔界の権力争いなどではないのですか？」

「アニスがそう考えるのも仕方ないわ。だからアタシたちと一緒に行動して、何が真実なのかを自分で確かめてみればいいわよ」

フィーリアとアニスさんのやり取りを聞いていたメジェールが、そう提案した。

「メジェール様たちと一緒に行動⁉」

「そう。今どれだけ言葉で説明しても、絶対に分かってもらえないでしょ？　ならその目で見たほうが早いわ」

「メジェール殿、しかしそれは……」

「ディオーネ、あなたとは一緒に汗を流した仲でしょ。そんなあなたがアタシたちのそばにいれば、おのずと真実が見えてくるはず。それとも、自分の目に自信がない？」

メジェールはディオーネさんの目をじっと見つめながら問いかける。

「……承知しました。確かに百聞《ひゃくぶん》は一見《いっけん》にしかず。真実は自分の目で確かめるしかないかもしれません」

メジェールの真剣な言葉に、ディオーネさんは根負《こんま》けしたようだ。

「そこのお兄さんたちもそれでいい？」

「ああ、オイラは別にいいぜ。女の子は大歓迎《だいかんげい》だしな」

「まあオレもゼルドナについちゃあ色々知りたいことがあるし、何より魔王ガールズと一緒に行動するっつうのは冒険者として好奇心《こうきしん》がうずくところだ。是非真実ってヤツを見せてくれよ」

ケットさんとヨシュアさんも納得してくれたらしい。あとはアニスさんだけ。

「ふう……結論が出てしまいましたわね。みんながそう言うのでしたら、私もそれに従います。でも一つだけお聞かせください。『魔王ユーリ』は本当に魔王ではないのですか？」

「もちろん！　いずれそれが分かるときが必ず来るから、今はアタシたちを信じて」

　アニスさんの疑問に、メジェールが力強く答えた。

「分かりました。メジェール様たちを信じます。ふふっ、これが『魔王ユーリ』の策略だったら、世界は終わりかもしれませんわね」

「あら、それは大丈夫よ。だって『魔王ユーリ』に絶対に負けない男が、そこにいるヒロなんだから！」

「「「ええっ⁉」」」

　メジェールの発言を聞いて、アニスさん、ディオーネさん、ヨシュアさん、ケットさんの全員が驚く。

　うわっ、メジェールってば、きわどいこと言うなあ……僕の正体がバレたらどうするんだ⁉

「ほ、本当ですか、ヒロ様⁉」

「ヒロ、お前『魔王ユーリ』を倒す必殺技でも持ってるのか？」

「えー……はい、必殺技はともかく、『魔王ユーリ』には絶対に負けないです」

　アニスさんとディオーネさんの問いかけには、一応肯定《こうてい》しておいた。

「慎重なヒロ様が断言《だんげん》するなんて、凄い勇気が湧《わ》いてきましたわ！」

「うむ、さすがワタシの夫だ！　ヒロがいれば魔王も怖くないということか」

えーと、『魔王ユーリ』には負けないのであって、本物の魔王に勝てるかどうかは別なんですけどね。ヴァクラースもいるし……まあ余計なことは言わないでおこう。

それと、今一瞬空気がピリピリしましたね。ディオーネさんの『ワタシの夫』という言葉に、メジェールたちが反応したんだろうけど。

この程度で殺気立っていては、先が思いやられる気が……ガンバレ僕！

無事なんとかまとまったところで、また行動を再開する。

気絶しているジュードたちからスキルをコピーさせてもらったあと、ベルレナも含めた六人全員をシャルフ王のいるフリーデンへ送った。

さあて、あとはカイダ王都へ行くだけだ。

第二章　宿屋の娘

1. 王都へ潜入

「さすが魔王ガールズ、凄い乗り物を持ってるんだな」

「ああ、あんなのオイラ見たことないぜ」

ヨシュアさんとケットさんが驚いているのは、メジェールたちが乗っている魔導車だ。

こっちの馬車はもう定員オーバーで乗れないので、彼女たちは僕が以前作った魔導車に乗って移動している。一応、何かあったときのためにと、メジェールに渡しておいたんだよね。

ちなみに、ルクはのびのびと外を併走《へいそう》している。馬車の速度に合わせて移動しているので、少し物足りないみたいだけど。

「それにしても、メジェール様たちがヒロ様をあの魔導車に連れ込もうとしたのには驚きましたわ。いったい何を考えていたのでしょう」

「ふむ、どうもあの魔王ガールズたちはヒロに執着《しゅうちゃく》しているように見えるが、何故なのだ？　ヒロには何か心当たりあるのか？」

「さ、さあ？　メジェールさんは僕の師匠なので、それで何か思うところがあるんじゃないでしょうか」

本当のことは当然言えないので、僕はお茶を濁《にご》した。

「そういえばメジェール様は、ヒロ様は弟子だから自分のモノだなんてことも仰《おつしや》ってましたわね……以前はそんな無茶なことなど、絶対に仰らない方だったのに」

いや、メジェールは元々そういう子ですよ。全然性格変わってないですよ。

フィーリアもだけど、本性を隠したりするから、こういうときに洗脳を疑われちゃうんだよなあ。

リノは変態ストーカーだし、ソロルは非常識暴力娘だし、フラウは勘違いドジっ子だし……あー僕の周りに普通の子がいないのは何故なんだ？

待てよ、ひょっとして『眷女』の条件というのが、普通じゃない子という可能性がある⁉

もしそうなら、僕の周りには変な子ばかり集まるということか……魔王を倒すためとはいえ、難儀《なんぎ》な運命だ。いや、みんなイイ子たちなんだけどね。

馬車に揺《ゆ》られながら、先ほどコピーで手に入れた『次元斬』をちょっと解析してみたけど、まだスキルレベル1なのにジュードとほぼ同等の『次元斬』が使えるようだった。

これは僕の基礎ステータスが圧倒的に高いからで、『次元斬』も最初から高性能の状態らしい。

もちろん、ほかの人からコピーしたスキルも同様だ。

みんながいる手前、まだ実際に使ってはいないんだけど、強力なスキルがたくさん手に入って内心ホクホクである。

◇◇◇

「……おい、王都が見えてきたぞー！」

日も暮れ始めた黄昏時《たそがれ》、カタカタと走る馬車の御者席からケットさんが叫んだ。

王都は高さ十五メートルの防壁《ぼうへき》に囲まれているため、かなり遠くからでもその姿を確認することができる。

ケットさんに馬車を止めてもらうと、それに合わせてメジェールたちの魔導車やルクも移動をやめた。

これ以上近付く前に、まずはこの距離から王都の入場門辺りを観察しよう。僕は『超五感上昇《スーパーセンシティブ》』と『遠見』スキルを使って、この遠距離から王都の門を窺う。

うーん……かなりガッツリと警備《けいび》されてますね。まあ僕たちが王都に向かっていることはすでに察知されてたしな。

　恐らくほかの門も同じような状態のはずで、当然普通には入れそうもない。

　ちなみに、門番たちからはこっちは見えないだろう。『超五感上昇《スーパーセンシティブ》』と『遠見』を合わせた超視力を持つ僕だからこそ確認できる距離だ。

　ケットさんも王都の外壁《がいへき》が見えただけで、門の様子までは確認できてない。

「ユー……ヒロ、どうやって入るつもり？　門番を眠らせたりするの？」

　僕と同じスキルで様子を窺っていたリノが、心配そうに訊いてくる。

「いや、侵入《しんにゅう》の形跡《けいせき》を残すのは良くない。中に潜入したのがバレちゃうからね」

　どこにどんな監視がいるかも分からないので、力押しで突破する手を使うつもりはない。

　一応いくつか潜入策はあって、まず僕が『透明化』して王都の中に入り、座標《ざひょう》をマーキングしたあとみんなが『転移水晶』を使って中に入るという手はあるけど、『転移水晶』は転移先がややアバウトなので少々危険が伴う。

　よって、できればそれは最後の手段にしたいところ。

　シンプルなのは、夜中にこっそり外壁を越《こ》えて入るという方法だ。先に来ている『ナンバーズ』たちは、多分この手で潜入してるはず。

　ただ、僕たちを始末しに来たジュードたちがこのまま帰らないとなると、王都の警備はさらに厳重《げんじゅう》になってしまうだろう。夜中といえども、そう簡単には侵入できそうもない。

ということで、僕はあらかじめ考えていたある作戦を実行することにした。

◇◇◇

「あっ、ザフィオスさん、マズリィンさん、皆さんお帰りなさいませ。砦を襲撃《しゅうげき》してきたヤツらは無事始末してきたんですか?」

「ああ、大したことなかったぜ。どうってことない仕事だったよ」

「そりゃあさすがですね。ところで、その馬車はなんですか?」

「ああ、これはヤツらが乗ってた馬車だ。せっかくだから奪ってきたんだ」

「そうですか……分かりました。では皆さん、どうぞお通りください」

「うむ、警備ご苦労」

数名の門番が見守る中、僕たちは馬車と一緒にカイダ王都の入場門をくぐる。

今門番と会話していたザフィオス――それは僕だ。そしてマズリィンと呼ばれたのはメジェールである。

何故門番たちが、僕らのことをクラスメイトと勘違いしているかというと……

殺し屋『夢魔主《ナイトメア》』から奪った『幻影真術《げんえいしんじゅつ》』で、門番たちに幻覚を見せているからだ。

この『幻影真術』というスキルはただの幻術ではなく、五感全てを錯覚《さっかく》させることができるので、声などもごまかせる。この能力を使って、僕たちの姿をクラスメイトに、ルクは馬に見せかけて、そのまま堂々と正面《しょうめん》から入っているのだ。

ただし、今回はただ幻術を見せるよりも高等な技——人間に幻覚を重ねて変装しているので、バレやしないかちょっとヒヤヒヤしている。

これは、幻術だけを見せるほうが圧倒的に簡単で、対象を幻術で違うモノに見せるのはかなり難しいからだ。

仮に幻術だけで花ビンを作ったら、それを持ったときの手触《てざわ》りや重さ、温度なども、『幻影真術』の力で完全に錯覚させることができる。

ところが、小さなコップに幻術の大きな花ビンを重《かさ》ねると、大きさが全然違うのでアクシデントが起こりやすくなってしまう。

例えば、幻術の花ビンを手で持ち上げたら、コップだけ持ち上がらずにその場に残ってしまったりとか。幻術だけならこんなことは起こらない。

『夢魔主《ナイトメア》』が一人で僕たちと戦っていたのも、こういう余計なアクシデントを避けるためだった。

もちろん、幻術の見せ方を工夫することによって、バレないようにすることは可能だ。

ただその場合も、幻術のみで錯覚させるより手間がかかることには違いない。

たとえ『幻影真術』といえども、小さな違和感から全て崩れる可能性があるのが幻術の難しいところなのである。

今も、幻術のみでクラスメイトたちを作るほうがずっと簡単だけど、それをみんなに重ねて変装として使っている。

これについてはさすがの僕でも上手くできるかどうか自信がなかったので、『幻影真術』のスキルレベルを6まで上げることにした。レベル1でも『夢魔王《ナイトメア》』と同ランクの幻術が使えたけど、レベルアップによって、もはやよほどのことでもない限り見破れない幻術となっている。

今の僕の幻術力なら、小さなコップに大きな花ビンを重ねてもまったく問題ない。何かアクシデントが起こっても、それを認識させないほどの強力な幻術だからだ。

使用した経験値は6億2000万で、残りは141億7000万。これくらい残っていれば、何かあっても大丈夫なはず。

ということで、僕たちは無事カイダ王都へと入ることができたのだった。

「あ、ちょっと待ってくださいザフィオスさん！」

ギクッ⁉　何か気付かれちゃったか？

「王城はそちらではなく、あちらですよ」

「あ、ああ分かってる、ちょっとこっちに用事があってな」

「そうですか。皆さんのことをお待ちしているようですから、早く帰ってあげてくださいね」

「了解だ」

ふー、ちょっと焦った。

さすがに幻術で変装したまま王城までは行かない。見破られたら大変だからね。

行くとしても、まずは色々と調べてからだ。いきなり乗り込むのは無謀すぎる。

だが、問題は、王城にこのままクラスメイトたちが帰らなかったら、さすがに不審に思われてしまうことだ。

ただ、門を通ったのが、まさか幻術で化けた僕たちだったとはなかなか思い至《いた》らないはず。

異常に気付くまでにはもう少し時間がかかるだろう。その間に調査を進めよう。

「それにしてもヒロ様、このような幻術まで使えたなんて本当に驚きですわ」

「そうだぜヒロ、こりゃあ『夢魔主《ナイトメア》』以上の技じゃねえか！　砦で使ってりゃあ、あんなに苦労することもなかったろうに」

「なるほど、こんな幻術が使えるんじゃ、『夢魔主《ナイトメア》』の技を見破れたのも当然だな」

アニスさん、ケットさん、ヨシュアさんにツッコまれる。当然の疑問ですよね……

「いえ、そのう……みんなが混乱しては逆効果と思って、使用は控えてました」

と苦しい言い訳をする。っていうか、あのときはまだ使えなかったからね。

まさか『夢魔主《ナイトメア》』から奪っただなんて言えないからなあ。

「ふむ……確かに妖術の類《たぐ》いと思ってしまったかもしれぬ。あのときはまだヒロの力をよく分かってなかったからな。今だからこそ納得できるというもの」

「ディオーネの言う通りですわね。もしいきなりこんな御力を見せられたら、悪魔と思ってしまったかもしれませんわ」

「あーはい、そうです！　そういうことなんです！」

なんとかごまかせたようだ……良かった。

2. ゴロツキを成敗

王都には、人の姿がほとんどなかった。門からここまで来る途中も、数人しか見かけていない状態だ。

すでに辺りはだいぶ暗くなり、街灯《がいとう》も点《つ》き始めてる時間ではあるが、それにしてもここまで閑散《かんさん》としているとは……

カイダは人口の多い国ではないけど、それでも王都なら数十万人――確か五十万人ほど暮らしていたと思うから、普段ならそれなりに賑《にぎ》わっているはず。なのに、まるでゴーストタウンのような様相《ようそう》だ。

魔王軍が力で押さえつけて、それで誰も外出してない可能性はあるが、一見すると魔王軍が徘徊《はいかい》している様子もない。

厳しく見張られてるって感じもしないし、いったいどうなってるんだろう？

とりあえず裏路地《うらろじ》に入り、周りに監視などがいないことを確認してから、僕たちにかかっている幻術を解除した。

「ふー、バレないだろうと思いつつも、やっぱ緊張したな」

「オイラは誰が誰に化けてるのか分からなくなっちまったよ。まるで敵に囲まれてるようで、正直イイ気がしなかったぜ」

ヨシュアさんとケットさんが胸を撫《な》で下ろしていると……

「キャアアアアーッ」

「な、なんだ⁉」

突然近くから女性の悲鳴が聞こえた。

僕たちは慌てて声がしたほうへと駆けだす。

『領域支配』ですぐに気配を探知できたので、迷わずにその現場に到着すると、野蛮《やばん》そうな男数人――まるで山賊のような格好をした男五人が、二十歳くらいの女性を取り囲んでいた。

王都に着いて早々、トラブルに遭遇《そうぐう》だ。

「やめてください、これは食べ物を買うお金で、これがないとあたしたち……」

「知ったこっちゃねーな。素直に渡さねえなら、その腕斬り落とすぞ」

「それとも、拉致《らち》られて酷い目に遭わされたいのか？」

「アンタたち、やめなさいっ！」

蛮行《ばんこう》を見かねたメジェールが真っ先に叫ぶ。

まあ分かりやすく悪人と被害者って感じだからね。状況は一瞬で把握《はあく》できたよ。

その声を聞いて、一番身体の大きな男――多分この中のリーダーが、女性を後ろから抱《かか》え込み、持っていたナイフを首に突きつけた。

「誰だっ⁉　この時間、こんなところを通るヤツなんざ滅多にいないはずだが……」

「ふん、アタシたちは今この王都に来たところよ！」

あ、メジェールってば、それは秘密にしておきたかったのに……。

「今来た？　……なるほど、冒険者か。てっきり新参者《しんざんもの》はもう王都に入《い》れねえ方針かと思ってたが、まだ入ってくる冒険者がいたんだな。なら教えておいてやる、この王都では何をしても自由なんだぜ」

「何をしても自由？　そんなわけないでしょ！」

「ふふん、このカイダを支配しているエーアスト軍の白騎士様がそう言ってるんだ、間違いねえだろ！　実際暴れたって咎《とが》められることはねぇぜ」

エーアストの白騎士……白幻騎士《ファントムナイト》のことか？

カイダ王都が大変な状況になってることはベルレナから聞いて知っていたけど、こんな荒《あ》れ方をしていたのは少し予想外だったな。

魔王軍ではなく、街のならず者たちが好き勝手に暴れてるとはね……。

この男たちを『真理の天眼』で解析したところ、特に洗脳もされてないようだし、ホントに自分の意志で略奪《りゃくだつ》行為をしているみたいだ。

なるほど、魔王軍も考えたな。

エーアスト軍がここで暴れれば、カイダ国だって団結して何か反撃しようとしたかもしれない。

だけどそうはせず、犯罪の取り締まりを放棄《ほうき》することで治安を悪化させ、カイダの悪人たちによって国を崩壊《ほうかい》させようってわけだ。

まさに悪魔ならではの思考と言える。

しかし、こういう状況になるよう魔王軍が誘導したとはいえ、同じ人間同士で争っているんじゃ困ったもんだ。

街《まち》に人がいないのも、犯罪に巻き込まれることを恐れてみんな外出を控えてたんだな。

完全に無法地帯となっているようだし。

思い返してみれば、ここに来て見かけた数少ない人たちは、妙に体格や装備が良かった気がする。アレは万が一襲われても、自衛《じえい》できるほど強い人だったんだろう。法がない以上、自分の身は自分で守るしかない。そして過剰《かじょう》防衛も自由だ。

悪人たちも相手を選んで襲わないと、返り討《う》ちに遭うってわけだ。

でもおかしいな、一応王都《ここ》には冒険者たちもいるはずだ。

上位冒険者たちの主導で治安維持すれば、街がこんなに荒れることもなさそうなんだけど……

まあとりあえず、状況が少し分かったことだし女性を助けよう。

「そこの皆さん、先に警告《けいこく》しますけど、今その女性を離せば……」

「待って、ヒロは引っ込んでて。アンタが活躍すると、また女の子に惚《ほ》れられちゃうでしょ！」

「え？　そ、そう？　そんなことないと思うけど……」

メジェールがよく分からないプレッシャーをかけてきたので、ここは任せることにする。

「はーいアンタたち、悪さをするのはそこまでよ。今すぐ言うこと聞くなら許してあげる」

相手の男は五人。それに対抗するように、メジェールとリノたち魔王ガールズが対峙《たいじ》する。

「なんだこのケツの青そうな女どもは？　おいリーダーさんよ、コイツら痛めつけちまってもいいのか？」

と、ならず者のリーダーが聞いた相手はヨシュアさんだ。

まあ僕たちの集団をパッと見てリーダーっぽいのはヨシュアさんだもんね。

「えっ、オレに聞いてんのか？　言っておくがオレはリーダーじゃないぜ。しかも、お前がナメているその子たちは、悪魔よりもつえーぞ」

うん、そうだね。

ヨシュアさんの言葉に思わず頷いてしまう僕。

「オイラの『測定者《カウンター》』で見るまでもねえけど、あの一番強い大男でも戦闘力230だ。まあゴミだな」

ケットさんが男たちの強さを測る。

戦闘力230ってどれくらいのレベルなんだろ？　『測定者《カウンター》』基準《きじゅん》だとよく分からないな。

「ちなみに、230は冒険者でいうとBランク程度だ。ゴミっていうのは言いすぎだったか」

あーBランクか。本来ならなかなか強い部類だけど、魔王ガールズたちが相手だからなあ。

まあ首の骨を折られないことを祈るよ。

「このションベンくせえ女どもが強いってか？　オメーらどんだけよえーんだよ」

「ぐひひひ、でもおりゃあガキっぽい女は嫌《きら》いじゃねぇぜ。可愛い顔してるしな。おいねーちゃんたち、オレたちが気持ちイイコトしてやるよ」

「さいってー！」

「わたくし、その手の冗談は大っ嫌いですわ」

「まったく、ヒロ殿以外の男ってこんなのばかりだよな」

「いかにご主人様がステキかってことデスね」

男たちに下劣《げれつ》な冗談を言われ、怒ったリノたちが戦闘態勢に入る。

「おいおい、この人質が見えねーのか？　オメーらなんかに負ける気はしねえが、オレは無駄な戦いはしない主義なんだ。おら、武器を捨ててこっちに来やがれ！」

人質の女性にナイフを突きつけられ、メジェールやリノたちは仕方なく武器を捨てる。

んーどうする、『呪王の死睨』で即殺しちゃうか？　やりたくはないが、下手に手加減すると女性の命が危《あぶ》ないかもしれないし……

と考えたところで、メジェールが僕にウインクした。

任せておけってことか。まあ即殺はいつでもできるし、もう少し様子を見よう。

みんなは武器を捨てて、丸腰の状態で男たちに近寄っていく。

「ふひっ、よく見りゃなかなかイイ身体してんじゃねーか。このまま仲間たちが見てる前で犯《おか》すのもありだな」

そう言って男が触《さわ》ろうとしたのはフィーリアの胸だ。

その手が目的地へと届く前に、フィーリアがそーっと右手を添《そ》える。

ボキボキボキボキボキボキッ！

「おっ、おごおおおおおおおーっ！」

男の手首を軽く掴んだように見えたが、何せフィーリアのステータスはカンスト状態だ。

彼女は魔道士とはいえ、その膂力《りょりょく》は尋常ではない。その力で、男の手首を完全に粉砕《ふんさい》した。

そしてほかの魔王ガールズたちはフィーリア以上のパワーを持っている。

丸腰の少女だと思って完全に油断していた男たちを、その有り余る怪力で簡単に捕まえ、腕やら足やら全身の骨を砕《くだ》きまくった。

「ぎえええええええ～っ」

「がはあっ、いでええっ、ぐげげげっ」

「ま、まいった、たすけっ、あがががっ」

うわああ地獄絵図《じごくえず》だ……男たちは泡《あわ》を吹いて失神した。

あっという間に四人の男をノックアウトし、残るは人質を拘束しているリーダー一人。

「こ、こりゃあ、ま、待て、この人質がどうなって……」

すでに必殺の間合いに入っていたメジェールは、慌てふためくリーダーのもとに『神速』スキルで一瞬で近付き、男の持つナイフの刃を鷲《わし》づかみにする。

そしてそのままボリボリと握り潰してしまった。

メジェールは『武術』スキルも持っているので、素手《すで》での格闘も世界最強級に強い。安物のナイフを素手で握り潰すくらいわけもないこと。

「は、はあ、はあ、ア、アンタたち何者なんだ？　た、頼む、許してくれえっ」

「だから最初に忠告したのに。いいわ、じゃあアンタに選ばせてあげる。全身の骨を砕かれるのと、首の骨折られるのどっちがイイ？」

なんという非道《ひど》い二択。一応この人『勇者』です。

「そ、そんな、どっちも選べねーよ」

「じゃあ両方ってことね」

「ち、ちがっ、わ、わかった、首だーっ」

ゴキッ。

「あ……悪魔……だ……がふっ」

リーダーの男は、メジェールに上手に首を折られたのだった。ご愁傷様《しゅうしょうさま》です……

でもみんな見事だ。僕では彼らも隙《すき》を見せなかったかもしれないので、ひょっとしたら男たちを殺していた可能性もあった。

見た目は可哀想だけど、むしろ男たちは命拾いしたとも言える。

「こ……これはさすがにやりすぎなのでは？」

うーん、でもアニスさんたちは完全に引いてますね。

まあこういうヤツらとあまり関わったことないアニスさんには分からないかもしれないけど、変に手加減するとしつこく襲ってきたりするからね。

少しやりすぎかなとも思うけど、悪人にはこれくらいで意外とちょうど良かったりするんだ。これに懲《こ》りて悪さをしなくなるかもしれないし、この怪我《けが》も一応回復してあげられるし。

あとでみんなに説明しよう。

戦闘が終わったので、僕たちは人質にされていた女性のもとへ行く。

目の前で白目を剥いてノビている男たちを見て、女性は完全に腰を抜かしちゃっている状態だ。

その女性を立ち上がらせてあげようと、メジェールが手を差しのべると……

「お、お金は全て差し上げますので、どうか、どうか命だけはお助けを～っ」

……………………え？

◇◇◇

「ご、ごめんなさい、あたしってば、助けていただいたのに勘違いしてしまって……」

人質だった女性が、何度も頭を下げながら必死に謝罪《しゃざい》をする。

とりあえず、僕たちが強盗《ごうとう》じゃないことを分かってもらえたようで良かった。まあメジェールたちのあの容赦のない攻撃を見たら、ならず者の男たちよりもヤバいと思われても仕方ないけど。

実際、略奪行為が頻繁《ひんぱん》に行われているらしいので、誰が味方なのか簡単には信じられない状況なのだとか。

「あたしはエイミーって言います。家にもう食料がなくなっちゃったんで、仕方なく買い出しに来たら、案の定襲われちゃって……」

エイミーさんは身長百六十センチほどで、栗色《くりいろ》の髪の毛をボブカットにしている。

鼻とほほにはうっすらとそばかすがあり、素朴《そぼく》な感じの可愛らしい女性だ。

エイミーさんの話では、カイダ王都は外部との接触《せっしょく》を完全に断絶《だんぜつ》しているので、外から食料が入ってこない状況とのこと。一応しばらくは王都内の畑の作物で賄《まかな》っていたらしいけど、それさえもエーアスト軍に流通を押さえられてしまい、街に食料が出回らなくなってしまった。

現在は、そのエーアスト軍が管理する食料庫からみんな直接買っているらしいんだけど、価格が高騰《こうとう》して大した量が買えないらしい。

要するに、エーアスト軍が食料の供給を制限して価格をつり上げた形だ。金貨三枚でやっとパン一切れが買えるような状況だとか。

そのせいで、王都民は食料にも金銭《きんせん》にも困ることになり、さらに一切犯罪が取り締まれないので、街中で平然と略奪行為が行われるようになってしまった。

まさに魔王軍の狙い通りの進行だ。

「今は誰もが飢餓《きが》に苦しんでます。餓死《がし》する人が出るのも時間の問題でしょう。こんな状況なので、街が荒れてしまうのは仕方のないことなんですが、あたしの家にもお腹《なか》を空《す》かせた家族がいるので、誰にもお金を渡すわけにはいかなくて……」

「差し出がましいようですが、食料なら僕が大量に持っています。良かったらおすそ分けいたしますが……？」

「ほ、ほんとですか⁉　差し出がましいなんてとんでもありません、是非そのご厚意に甘えさせてください！」

食料は山ほどアイテムボックスに入っている。ゼルドナでは有り余るほど作物が採《と》れてたからね。

アイテムボックス内では劣化《れっか》もしないし、いざというときのためにかなりの量を保存してあるんだ。王都民全員救うのはさすがに無理だけど、飢《う》えてる人を減らすくらいはできるだろう。

「ところで、僕たちはここに来たばかりなんですが、どこか宿泊できる場所はありますか？　こんな状況では、旅人に構う余裕なんかとてもないとは思いますが……」

「それなら是非うちに来てください！　あたしの家、宿屋をやっているんです！」

「えっ⁉　そうなんですか⁉　泊まってもいいんですか⁉」

「当たり前ですよ！　襲われているところは助けてもらったし、食料もおすそ分けしていただけるなんて、いくらお礼しても足りません。是非うちでゆっくりしていってください！」

なんと！　これはありがたい偶然！

この状況で宿屋を探そうと思ったら、結構苦労したと思う。

あやしい旅人を泊めてくれる人なんて、そうはいないだろうからね。

「じゃあ早速あたしの家に行きましょう。あまり彷徨《うろつ》いていると、また襲われちゃうかもしれませんからね」

「あ、ちょっと待って、このぶっ倒れてる男たちはどうするの？」

エイミーさんが歩きだそうとしたところ、メジェールが未だ気絶している男たちを指差して、後始末をどうするか聞いてきた。

「あーそれなら……」

本来なら男たちを衛兵に突き出したいところだけど、管理してるのが魔王軍だから意味がない。かといって僕たちのことを目撃されてるので、このまま放置すると危険だ。

うーん……仕方ないから記憶だけ消去して、あとは男たちの運に任せるとしよう。

男たちの怪我はすでにある程度治療してあるので、あとは『闇魔法』にある『忘却《ぼうきゃく》』の魔法で記憶喪失《そうしつ》にするだけ。長期にわたる記憶消去は難しいかもしれないけど、僕たちがカイダ王都にいる程度の期間なら問題ない。

ただ、僕たちの記憶だけ消去というのは難しいので、ここ最近の記憶は全部なくなっちゃうけどね。ってことは、せっかく痛い目に遭ったのに、懲りずにまた強盗しちゃうかも？

あ、スキルを強奪しておけば、悪さも少しは控えるようになるか。

ということで、男たちのスキルを全強奪して記憶も消去したあと、僕たちはエイミーさんの家へと向かった。

3. 病気の母と腹ペコ弟妹

エイミーさんの家——宿屋は、郊外の小さな丘の上にあった。

冒険者相手というよりは、観光などで来る旅人がメインの宿屋らしい。

街から少し離れているから、普段の買い出しも大変なのだとか。僕たちがここまで来るのにも一時間半かかってしまった。

馬車に全員は乗れなかったので、みんなで歩いてきたんだよね。魔導車を使うわけにもいかないし。

「さあ皆さん、どうぞ中に入ってください」

エイミーさんに促《うなが》されて、僕たちは宿屋へと入る。

中は住居と宿泊施設が一緒になっていて、エイミーさんたち家族が住む部屋や食堂、浴室などは一階、そして二階は全てが宿泊者用の部屋となっているようだ。

王都が封鎖《ふうさ》されているため旅行者が来ず、完全に開店休業状態らしいけどね。

「ただいま！　ニール、シス、ちゃんとお留守番できた？」

「姉ちゃん、無事だったか！　心配したようっ」

「あれ……ひょっとしてお客さんが来たの？」

エイミーさんを出迎えたのは、十二歳くらいの男の子と十歳くらいの女の子。

恐らく、エイミーさんの弟と妹だろう。心配していたようで、エイミーさんが帰ってくるなり駆け寄って抱《だ》きついている。

少し年の離れた姉弟なんだな。僕は一人っ子なので、兄弟のいる人がちょっと羨《うらや》ましい。

ちなみに、フィーリアも一人っ子で、ほかの魔王ガールズたちには兄弟がいる。アマゾネスのソロルは父親が違う年の離れた姉、メジェールは兄、リノは弟、フラウには兄と妹だ。

エイミーさんが家族と抱き合うシーンを見て、みんなも故郷に残してきた家族のことを思い出しているらしく、少ししんみりしている。

僕もエーアストにいる両親に思いを馳《は》せる。元気にしていることを祈るしかないが。

「おれ、ご飯なくたってまだ我慢できたのに、姉ちゃん無理して街に行くから心配してたんだ。無事帰ってきて良かったよ」

「なに言ってるのニール、もう三日もほとんど食べてないじゃない。葉っぱかじってたの知ってるんだから」

「でも一人で行くなんて無茶だよ。時間も遅かったし。襲われたりしなかったのかい？」

「実は……襲われちゃったんだけどね。でもこの人たちが助けてくれたの！」

「ほらっ！　もう二度と一人でなんて行かないでよ⁉」

ニール君がエイミーさんの腕を掴んで懇願する。

道中で聞いた話では、エイミーさんの父親はすでに亡《な》くなっていて、母親もずっと病気で寝込んでいるため、弟たちの面倒を見ながらエイミーさんが一人で宿を切り盛《も》りしてるとのこと。

今回の買い出しも、当初の予定では二日後に近隣《きんりん》住民と一緒に行く予定だったらしい。強盗対策のため、みんなで協力して武装しないと危険だからだ。

ところが、金銭が尽《つ》きかけているエイミーさんは前回の買い出しであまり食料が買えなかったために、家の食べ物がなくなってしまった。

仕方なく一人で街に行ったところを、あのならず者たちに奪われたということだ。

助けてあげることができて本当に良かった。

「それじゃあ君たち、お腹が空《す》いてるだろうから、早速ご飯を食べようか？」

「ご飯あるの⁉　やったー！」

「わあああい！」

エイミーさんの弟たち――ニール君とシスちゃんと一緒に食堂へ移動する。

そして僕は、アイテムボックスからすでに出来上がっている料理を出した。ニール君たちは、食材を調理する時間すら待ちきれないような感じだったからだ。

アイテムボックス内では料理がひっくり返ることもないし、時間も止まったままなので、出来立てほやほやの状態で保存されている。その作り立ての豪華《ごうか》料理を、テーブルの上に次々と並べていく。

「おおおおおおお何コレえええええっ‼」

「す、凄ぉいっ！　こんなお料理見たことなぁい！　これ食べていいの⁉」

「どうぞ召《め》し上がれ」

「「いただきまぁすっ！」」

ニール君とシスちゃんは、かぶりつくように料理を口に入れた。

◇◇◇

「もうお腹いっぱい……こんなに食ったの久しぶりだよ」

「それに、まるで王様が食べるお料理みたいだったー！」

満足そうにお腹を抱えて、ニール君とシスちゃんは食事を終えた。

王様の料理か……そりゃまあ王宮で作った料理を保存しておいたからね。

何かの機会に食べることもあるかと、ほかにもデザートや飲み物まで色々と取り揃えてある。

もちろん、調理前の肉や野菜などもたくさんあるので、あとでエイミーさんに渡しておこう。

ちなみにエイミーさんはまだ食べず、病床《びょうしょう》の母親のもとにスープを届けに行っている。

エイミーさんが揃ったら改めて食事にしようと思っているので、僕たちもまだ食べてない。まあ僕たちは昼もちゃんと食べているから、特に飢えているわけじゃないしね。

エイミーさんは相当お腹を空《す》かせているだろうに、家族の世話を優先している。立派な女性だな。

そしてちょうど今食堂へと戻ってきた。

「ヒロさんありがとうございます！　まさか、こんな豪華なお料理をいただけるなんて……」

「弟さんたちが腹ペコだったみたいなので、今回は特別です。次からはエイミーさんのお料理を食べさせてあげてください。食材はいくらでもあるのでご心配なく。お母さんのほうは大丈夫でしたか？」

「はい。久々に栄養たっぷりの食事ができたので、体調も少し良さそうな感じです」

「あの……もしよろしかったら、僕にお母さんを診《み》せていただけないでしょうか？」

「えっ、ヒロさんに？　でも母の病はお薬で症状を抑えるしか……」

エイミーさんの様子を見たところ、実はお母さんはかなりの重病を患《わずら》ってる気がするんだ。僕たちに心配をかけないため、エイミーさんは詳しく教えてくれなかったんだと思う。

気になるので、食事の前にお母さんの容態《ようだい》を確認しておきたい。

「僕は医療行為も少しできます。ひょっとしたらお力になれるかもしれないので」

「……分かりました。よろしくお願いします」

エイミーさんの案内で、僕はお母さんの寝ている部屋へと移動する。

一番奥の部屋を母親の寝室として使っているようで、戸を開けると、ゲッソリと痩《や》せ細った女性がベッドに伏していた。

正直もう長くはないといった様子で、恐らくまだ五十歳にもなっていないだろうに、やつれているために老婆に見えてしまうほどだ。

「おや、お医者様以外の人がここに来るのは久しぶりだねえ。さっきのスープをくれた旅の方かい？」

「ヒロさんていうの。襲われてたあたしのことも助けてくれたのよ。病気にも詳しいそうで、お母さんのことを診てくれるって」

「それはありがたいわねえ。でも、私はもう治《なお》らないわ」

「そんなこと言わないで。絶対に良くなるから諦めちゃダメよ」

「ふふっ、お父さんが寂しがってるんだよ。それに、私の病気のせいでお金も大変だろ？

この宿はもうエイミーだけでやっていける。アンタたちに迷惑かけないよう、私はそろそろお父さんのところに行くよ」

「お母さん！」

「エイミーさん、診せてもらっていいですか？」

「あ、はい、ヒロさんお願いします」

ベッドのそばに寄り、『真理の天眼』でお母さんの病気を解析してみる。

これは……細胞が変異《へんい》して悪性の腫瘍《しゅよう》となり、全身に転移していく病気だ。エイミーさんのお母さんも、すでに全身に腫瘍が転移しちゃっている。

上位医療スキルを持つ人なら、患部を切除《せつじょ》して治せることもあるらしいけど、基本的にはこの病気に治療方法はない。

……が、しかし、僕には『万能薬』がある。

コレは迷宮の最下層で手に入れた『パナシーア』という古代植物から作ったモノで、あらゆる病気を治すという伝説の薬だ。コレならお母さんの病気にも効くはず。

僕は『万能薬』を水で溶《と》いてお母さんに飲ませる。

「こ……これは……どういうことなの？　身体のあちこちにあった重い痛みが、スーッと溶けていくようになくなったわ⁉」

寝たきりだったお母さんが、ゆっくりと上半身を起こす。

それに、干涸《ひか》らびていたような肌に、少しずつツヤが戻っているようだ。

「ウ、ウソでしょ⁉　お母さん、起き上がって大丈夫なの？」

「ええ、なんだか身体がスッキリと軽くなって、どこも全然痛くないの。それに、お腹が凄く空《す》いてるわ」

エイミーさんのお母さんはそう言ってお腹をさすった。『万能薬』のおかげで、寝たきりで衰《おとろ》えていた全身の筋力がある程度元通りになり、内臓《ないぞう》機能も回復したようだ。

「もう大丈夫なようですね。なら栄養たっぷりのお料理がありますので、是非お腹いっぱい食事してください」

消化に良さそうなモノを選んで、お母さんの前に料理を出す。

よほどお腹が空《す》いてたようで、ゆっくりではあるが、お母さんはそれを見事に全部平《たい》らげた。

病気は完治したので、あとは体力を付けるだけ。しばらくは色々食べて栄養を付けていくのが先決だろう。

二、三日もすれば元気に動けるようになるんじゃないかな。

「はー、こんな奇跡《きせき》信じられないよ。お父さんには申し訳ないけど、まだまだ私は生きられそうな気がするよ」

「大丈夫よ、お父さんはいつまでも待っててくれるから」

まだ病《や》み上がりということで、お母さんはまたベッドで休むことにした。

その様子を確認したあと、僕とエイミーさんは食堂へと移動する。

「あの、もはやヒロさんにはなんとお礼を言ってよいのか……」

「いえ、お母さんが回復できたみたいで何よりです」

「あたし正直言って、もうダメかもしれないって色々諦めそうになってたんです。ニールやシスが食べるものさえ用意できないし、お金も完全に尽きちゃったし、お母さんの病状も時間の問題と思ってました」

エイミーさんは少し泣いているようで、目の端《はし》から出る涙を指で拭《ぬぐ》っている。

「それがヒロさんたちと会ってから全て解決しました。こんなに幸せなことはありません。でもヒロさんは、何故知り合ったばかりのあたしたちにここまでしていただけるのですか？　あたし、この恩義《おんぎ》に見合うお礼なんて、とてもできそうにないのですが……」

「とんでもない、僕たちはここに宿泊させてもらえるだけで本当に助かるんです。もちろん宿代もお支払いいたしますのでご安心ください」

「宿代なんていただけませんよ！　あの……ひょっとしてヒロさんって、どこかの国の王族なのではありませんか？　お供の方を大勢連れて、豪華料理を持ち歩いて、お金もたくさんあって、そして見たこともないお薬まで持ってるなんて……」

「え⁉　いえ、ちがっ、そ、そんなわけないですよ⁉」

やばっ、いきなり言われて動揺しちゃった。

一応僕、ゼルドナの王なんだよね。王族なんていう言葉でアニスさんたちが勘付いちゃったら困る。

強引に話を逸《そ》らそう。

「と、とりあえず、僕たちも食事にしましょう！」

弟さんたちやお母さんのことが一段落ついたので、僕たちも夕食をとることにした。

食事を終えたあと、みんなで紅茶をすすりながら、王都についての情報をエイミーさんから聞くことに。

占拠《せんきょ》されたところまでは、以前ダモン将軍から聞いたのと同じだった。砦を突破されたと思ったら、迎え撃つ準備をする間もなく、あっという間に王都も落とされてしまったとのこと。

その後、王都民が殺されるようなことはなかったらしいけど、エーアスト軍は犯罪に対する取り締まりを一切放棄すると宣言した。

初めは何かの罠かと疑い、衛兵が街から消えてもしばらくはみんな大人しくしていたとのことだけど、食料や生活必需品《ひつじゅひん》などの流通をエーアスト軍に管理されてしまって、それによって困った人たちが少しずつ犯罪まがいのことをし始めたらしい。

一度タガが外れると、あとは雪崩《なだれ》のように崩壊していったようだ。

平気で略奪行為が蔓延《はびこ》るようになり、被害を恐れた人は極力《きょくりょく》外出を控え、買い出しなどは週に一度共同でまとまってするようになった。

物価の高騰は天井知らずで、みんなすでに金銭が尽きかけ、誰もが明日の食べ物にも苦労している状況なのだとか。

このままだと、いずれ近所の人同士で奪い合いが始まるかもしれない。そうなったら終わりだ。

まだそういう被害は起こっていないようだけど、それも時間の問題だろう。

ここでずっと疑問に思っていたことをエイミーさんに聞いてみる。

「王都には占領《せんりょう》前から冒険者が多く存在していたと思いますが、彼らはどうしたんですか？　上位冒険者なら、ならず者程度に負けることはないはず。彼らが治安を管理すれば、略奪行為も減ると思うんですが……」

冒険者は国家所属ではなくフリーの立場なので、国家同士の戦争には基本的には無関係だ。

ただし、今回の戦争は魔王軍が起こしているので、理屈が通用しない状況でもある。

通常ではあり得ないが、冒険者たちがエーアスト軍に加担《かたん》したとか、もしくは略奪する側に回ってしまったのかと不安になった。

しかし数人ならともかく、冒険者がいっせいにカイダの敵に回るイメージが湧かない。

比率で言うなら、良識《りょうしき》ある人のほうが圧倒的に多いからだ。

「冒険者たちの王都への出入りが自由だったら、流通に関する問題ももう少しなんとかなったかもしれませんが、あいにく禁止されました。ですので、冒険者たちもこの王都に閉じ込められる形になったんですが、それについてみんなギルド上部に直訴《じきそ》したそうです。しかし、何故か上部は一切動かず、逆にエーアスト軍の要請《ようせい》を全て受け入れたようで……」

そういや、カイダの冒険者ギルドは正常に機能してないって、『ナンバーズ』のエンギさんが言ってたっけ。

冒険者にはカイダ国民じゃない人もたくさんいて、外国籍の人なら基本的には出国制限に従う必要もないんだけど、まあ無理矢理行使したんだろうな。

情報屋からの魔導伝鳥《まどうでんちょう》ではカイダの内政は安定していると報告されてたし、外部との接触を完全にシャットアウトして、都合の良いニセ情報で世界を騙してるってところか。

「それで、この状況に冒険者の方々が憤慨して、エーアスト軍からカイダを取り戻すために、王都中の冒険者を集めて反旗《はんき》を翻《ひるがえ》そうとしたんです」

「えっ、そんなことがあったんですか⁉」

やはり冒険者たちは黙ってなかったか。

王都中の冒険者が暴れれば、軍でも制圧するのは難しい……通常ならね。

しかし、エーアストの正体は魔王軍だ。『魔王の芽《デモンシード》』で強化されたクラスメイトたちは、文字通り一騎当千《いっきとうせん》の力を持っている。

『ナンバーズ』ならともかく、街の冒険者が何人集まっても歯が立たないだろう。

「冒険者たちは綿密《めんみつ》に計画を立てて、隙を突いて一気に王城を取り戻す予定だったのですが、噂では何故か事前に計画が漏れていて、逆に一網打尽《いちもうだじん》にされちゃったみたいなんです」

「えっ、計画がエーアスト軍に漏れていたんですか？」

「はい、あっけなく返り討ちにされて、参加した大勢が捕らえられてしまったようです。あまりにも完璧な対応だったので、恐らく相手に筒抜《つつぬ》けだったのではないかと言われてます」

そうか……ギルド上部に魔王軍の息がかかっているなら、漏れてもおかしくないな。

いや、上部がおかしいのは冒険者たちも気付いていたはずで、そこから漏れるのは逆に考えにくいか。

ということは、計画を立てた仲間の中に裏切り者がいたってこと？

ともあれ、冒険者たちが大人しくしている理由が分かって納得した。

すでに反乱を鎮《しず》められていたから、この無法地帯となってしまった現状をどうすることもできなかったのか。

犯罪を止める衛兵も冒険者もいないなら、ならず者たちも暴れ放題になるだろう。

ここまで全て魔王軍の筋書《すじが》き通りだとしたら、なかなか頭のキレるヤツがいるってことだな。王都を管理しているという白幻騎士《ファントムナイト》が全て指示しているのなら、かなり手強いかもしれない。

サマンサたちからの情報でも、白幻騎士《ファントムナイト》の謎の能力は最強という話だったし、注意したほうがいいな。

一応ベルレナから聞いた限りでは、イザヤやゴーグはカイダ王都にはいないということだったので、そのあたりは少し安心しているが。

「エイミーさん情報ありがとうございます。王都の状況はだいたい分かりました。明日から自分でももうちょっと調べてみます」

「あのう……調べるって、ヒロさんたちは王都《ここ》に何をしにいらっしゃったんですか？」

「アタシたちは、このカイダ王都を解放しに来たのよ」

メジェールが僕の代わりに答える。

「王都を……解放？」

「そうです。僕たちはここにいるみんなを救いに来たんです。誰にもバレるわけにはいかないので、近所の方にも僕たちのことは内緒にしておいてください」

万が一魔王軍に知られたら、どんなことをしてくるか分からないからね。

「む、無理です、絶対に勝てません！　ヒロさん、そんな無茶なことはやめてください！」

あ、あれ？　そりゃ簡単じゃないことは分かってるけど、まさかこんなに思いっきり反対されるとは……

「冒険者の反乱のとき、捕らえられずに逃げのびた人たちもいるんですが、その人たちが言うには、怪物のような力を持った敵がたくさんいたそうです。手を動かしただけでなんでも斬ってしまう人やとんでもない怪力を持った人がいたり、突然消えちゃう人や魔法がまったく効かない人、半透明《はんとうめい》になって黒い雷を撃ってくる人もいたらしいです。とても敵《かな》うような相手じゃ……」

「あら、そいつらはもう全部アタシたちがぶっ飛ばしてきたわよ」

「…………えっ？　今なんて……？」

メジェールの言葉を聞いて、エイミーさんはキョトンとした表情のまま一瞬止まったあと、何か聞き間違えたと思ったのか、もう一度聞き返してきた。

「その敵たちは、ここに来るまでにすでに僕たちが倒しました。あとは白幻騎士《ファントムナイト》というヤツが手強いと聞いているので、ここで調査しようと思っているのです」

「た……倒したんですか!?　その凄い敵たちを!?　大勢の冒険者たちが束《たば》になっても勝てなかったのに？」

「はい。残りのヤツらも必ず僕たちが倒します。なので、もうしばらく我慢してください」

「皆さんはいったい……」

「今は内緒です。でも安心してください、僕たちは正義の味方ですよ」

僕はエイミーさんの目をしっかりと見据《みす》える。

「ヒロさんを見たとき、何故か心から信頼できる人だと感じました。それは今でも変わっていません。あたしに手伝えることがあったらなんでも言ってください。お役に立てるよう頑張りますので」

「ありがとうございます。こちらこそご迷惑をかけてしまうかもしれませんが、よろしくお願いいたします」

その後、しばしのあいだ僕たちはとりとめのない話をして、そして就寝することにした。

4. 恐怖の一夜

夜寝ていると、ふと何かの気配が。

目を開けて、なんとなく周りを見回してみると……

「うわっ、うわわわああああああああああっっっ！」

僕のすぐ目の前に、天井から逆《さか》さまにぶら下がった吸血鬼……じゃない、リノがいた！

僕が寝ているベッドの真上――その天井の板が外され、そこからリノが侵入していたのだった。

「リノ、あとがつかえてるんだから早く降りてよ」

「ごめんメジェール、ユーリの寝顔が可愛くて、つい見とれてた」

なんだなんだ⁉　リノを皮切りに、次から次へと天井から降りてくる人が……って、こんなコトするのはもちろん魔王ガールズたちだ。

いったい何ごとなんだ⁉

「ふふん、油断したわねユーリ。アタシたちを甘く見ちゃダメよ」

「いつもは寝てる部屋に、めちゃくちゃ強力な結界張ってるもんね」

「さすがのご主人様でも、宿屋に結界は張らないと思いマシタよ！」

「ユーリ様、いつかこういうチャンスが来るときを待ってましたわ」

「もう逃げられねーぜユーリ殿、観念しろ！」

メジェール、リノ、フラウ、フィーリア、ソロルが、勝ち誇《ほこ》ったように胸を張りながら順に発言する。

そりゃ、借りている部屋に無断《むだん》で結界を張るわけにはいかないからね。そんなことをしなくても、この部屋には入ってこないと思っていたし。

もし部屋のカギを無理矢理開けようとすれば、廊下《ろうか》でゴソゴソしているうちにアニスさんたちに気付かれてしまう。だから、さすがの彼女たちでも大人しくしているだろうと思ってたら、まさか天井から入ってくるとは……！

この宿には客室が六部屋あり、メジェールたち五人で三部屋、アニスさんとディオーネさんで一部屋、ケットさんとヨシュアさんで一部屋、そして僕とルクで一部屋という割当てになっていた。

もちろん変装に協力してくれているアピも僕と一緒の部屋で、今はその変装を解いて、アピは僕の隣でスヤスヤと眠っている。僕を真ん中に、ルクは左、アピは右という並びで寝ている状態だ。

ルクもみんなに気付いて、うっすらと目を開けたあと、大きくあくびをした。あまり驚いてないということは、ルクはこうなることを知ってたのかもしれない。

それにしても、僕の気配感知をすり抜けて部屋に侵入してくるとは、とんでもない子たちだ。

周囲を探知する僕の『領域支配』は、相手に殺気がない場合そこまで敏感《びんかん》には反応しないけど、それでも普通はここまで接近を許すことはないよ？

「やっぱりユーリはその顔のほうがいいわね！」

変装を解いている僕の素顔を見て、リノが嬉しそうに微笑む。

「アンタねー、言っておくけどその絵面《えづら》は犯罪だからね。アピがスライムって知ってるから許すけど」

「ユーリ様、完全に幼女趣味《しゅみ》の変態男ですわよ」

メジェールとフィーリアが、少し呆れたような表情で言葉を発した。

二人が言ってるのは、僕の隣に人間形態を取っているアピがいることだ。確かに、年端《としは》もいかない少女と一緒に寝てるところを見たら、普通の人はビックリするかもしれない。

ちなみに、アピは異変に気付いた様子はなくグッスリと熟睡中《じゅくすいちゅう》である。

「こんな夜中に部屋に侵入してくるなんて、みんなさすがにちょっとやりすぎだぞ。アニスさんたちに気付かれたらどうするんだ！」

「シッ、静かにして！　アニスたちに気付かれてもいいの？　なんなら大声出してもいいのよ？」

……え？　何コレ？　ひょっとして僕、脅《おど》されてるの⁉

「まったくアンタねえ、いくら理由があったって、アタシたちをずっと放っておくなんてひどいじゃない！　水晶ですぐに戻れるんだから、顔くらい見せに来てくれても良かったでしょ！」

「あ……はい、それは反省してます」

メジェールにぴしゃりと叱責《しっせき》される。

やっぱりまずかったよね……これは僕も猛省《もうせい》。

「その上、知らないうちにユーリ殿は婚約までして、オレたちがどんなつらい思いをしたか！」

「そうデス！　これは当然謝罪をシテいただかないと！」

ソロルとフラウもふくれっ面《つら》で抗議をしてきた。

あーなるほど、みんな寂しかったから甘えに来たってコトでいいのかな？

ルクも横でひっくり返りながら、自分も寂しかったんだよと目でアピールしている。

そうか……今回はさすがに僕も放置しすぎちゃったと思っているので、みんなの機嫌《きげん》が直るくらいのことはしてあげたいところだ。

「みんなごめんね、お詫《わ》びに僕ができることなら何かするよ」

「やったあーっ！　じゃあ私たちと今すぐ子作りしよ！」

……………………へ？

なんだってえええええええっっ⁉

「リ、リノ、い、今なんて……いくらなんでも冗談だよね？」

「ユーリ様、別に難しいことを言ってるわけではありませんよ。わたくしたちは『謝罪の子作り』を要求しているだけですわ」

「いや、無茶苦茶難しいでしょっ！　そもそもここじゃ音が漏れて無理……」

「大丈夫よ！　アタシが音響遮断結界張ってあげるから！」

「結界を張ればいいってものじゃなくて……！」

「なぁにユーリ殿、心配しなくても、大人しくしてればすぐ終わるから安心しろって！」

「ワタシたちにお任せクダサイ！　ご主人様はただ寝《ね》っ転《ころ》がってればいいだけデス！」

ぜ……全然会話が噛《か》み合わないいいいいい～っ！

まったく、こんなときにこの子たちは！

うわっ、パジャマを脱《ぬ》ぎだしたぞ⁉　ほ、本気なのか⁉　って、この子たちはいつだって本気だった！

と絶体絶命のそのとき、コンコンと扉をノックする音が静かな部屋に鳴り響く。

「あの……ヒロ様？　何か変な物音がするのですが、部屋に誰かいらっしゃってるんですか？」

おげえええええっ、アニスさんだあああああああああっ！

「ヒロ、魔王ガールズたちが部屋にいないので、ちょっとここに様子を見に来たんだが……何か女としての勘《かん》が騒ぐ。今すぐに開けねばこちらにも考えがあるぞ」

ディオーネさんまでいるんでしゅかあああああああっ⁉

やばい、声の調子から察するに、今にも扉を破壊しそうな雰囲気《ふんいき》が……

絶体絶命の状況がうなりをあげて悪化しているうううぅぅ～っ！

かつてこれほどピンチになったことはない。魔王ガールズたちは半裸《はんら》になってるし、服は脱ぎ散らかってるし、これどうすりゃいいんだ!?

それにアピもまだ寝てるので変装もできないっ、僕の人生終わったーっ!!

◇◇◇

「はい、アニスさんディオーネさん、何かあったんですか？」

部屋の扉を開け、ヒロの姿でアニスさんとディオーネさんに応対する僕。

「あ、ヒロ様。こんな夜中にすみません、メジェール様たちのお姿が見当たらないので、もしかしたらこちらに来ていらっしゃるかと……」

「あはは、彼女たちが僕の部屋に来るわけありませんよ。散歩でもしてるんじゃないですかね」

「……ふむ、確かに誰も来てないようだな。ワタシの勘違いだったようだ。夜中にすまなかったな、ヒロ。まさかと思って一応確認に来ただけなのだ」

「それにしても、こんな夜中にアニスさんたちが部屋に来るなんてビックリしましたよ」

「すみません、深夜に男性の部屋へ来るなんて、ちょっとはしたない行為でしたわね。初夜をお迎えするのは、式を挙《あ》げてからですものね」

「そうだな。まあしかし、ヒロの部屋に彼女たちがいなくて良かった。もしいたら大変なことになってたからな」

「あの……大変なことというと……？」

「うふふ、ヒロ様を殺して私も死んでましたわ」

「……ははは、そ、それではまた明日お会いしましょう。アニスさん、ディオーネさん、おやすみなさい」

「はい、ヒロ様。おやすみなさいませ」

アニスさんたちが去っていくのを確認し、僕は扉をバタンと閉める。

「ぷはー、ユーリ危なかったわね！」

「もうちょっとでユーリ殿の命がなくなるところだったな」

「しかし、なかなか怖いお方たちデスねえ」

だ……誰のせいだと思ってるんだああぁっ！

メジェールたちは他人事のようにあっけらかんとしてるけど、ホントに危機一髪《ききいっぱつ》だったぞ⁉

ちなみにどうごまかしたかというと、『幻影真術』の幻術でアピは布団に、魔王ガールズ五人は家具に変えて部屋にとけ込ませた。アニスさんたちがもう少しよく見れば、妙に家具が多いことに気付けたと思うが、初見《しょけん》の部屋ではそこまで気は回らなかったみたいだ。

そして僕の変装も『幻影真術』でカバーした。至近距離で会話したので、バレたりしないか少々ヒヤヒヤしたけど、一応大丈夫だったようだ。

『幻影真術』をくれた『夢魔主《ナイトメア》』はまさに命の恩人だ、心の底から感謝したい……

「でも今の会話で、ユーリが本当にあの二人に手を出してないことが分かってホッとした」

「そうね、それは収穫《しゅうかく》だったわね。アニスたちが来たとき、まさかいつも夜這《よば》いしてるのかと疑っちゃったからね」

「もし身体の関係があったら、わたくしたちがユーリ様のこと……ふふふ」

はからずも僕の潔白《けっぱく》が証明されたので、五人は安心した表情を浮かべている。

なんだろう……このピンチを乗り切った今、ヴァクラースなんて大したことないように思えてきた。

こじれまくったこの関係、どうやったら丸く収まるんだろう？

……うん、今は考えるのをよそう。

僕とアニスさんたちが本当に清《きよ》い関係と分かって、彼女たちもちょっと機嫌を直してくれたようで、『謝罪の子作り』は許してもらえた。

その代わり、みんなのほっぺにキスさせられたけどね。

みんなには一度宿の外に出てもらって、夜の見回りをしてきたフリをしてもらった。

じゃないと、アニスさんたちも不思議がると思うので。

それらを見届けたあと、無邪気《むじゃき》に眠るアピとモフモフのルクに癒《いや》されながら僕も就寝した。

5. 王都の調査

「おはようございます、アニスさん、ディオーネさん」

「ヒロ様、おはようございます」

「ヒロ、昨夜は就寝中に邪魔をしてすまなかったな」

朝の身だしなみを整えてから食堂に行くと、すでにアニスさんたちが先に来ていたので、起床《きしょう》の挨拶《あいさつ》をした。

ほどなくしてケットさんやヨシュアさんも姿を見せ、少し遅れてリノたちも続々と食堂に集まってくる。

「皆さんおはようございます。もう少しで朝食ができますので、ちょっとだけお待ちください」

エイミーさんはかなり早くから起きていたようで、全員分の朝食を調理中だ。

ちなみに、ニール君とシスちゃんは食堂には来ていない。まだ睡眠中なのかな？

もしくは、先に宿泊客が朝食をとってから家族の番なのかもしれない。

「ん？　どうしたヒロ？　上手く眠れなかったのか？」

「ああいえ、別になんともないです。ちゃんと眠れましたよ」

僕のダルそうな様子が気になったらしく、ケットさんが心配そうに声を掛けてきた。

そう、ケットさんの言う通り、イマイチ眠りが浅かったんだよね。またリノが天井からぶら下がっているんじゃないかと、何度か目を覚まして周りを確認してたから。

リノのあの姿は何よりも怖かったよ……不意なんて突かれたのも久しぶりだったしなあ。

そんな僕の気なんてまるで知らないかのように、魔王ガールズの面々は上機嫌だ。

昨夜ほっぺにキスしたからかな。

この調子なら、もう今夜はあんなことはないだろう……ないと思いたい。

「さあできましたよ。ヒロさんからたくさん食材をいただきましたので、腕によりをかけて作りました。どうぞ召し上がってください」

全員集合したところで、エイミーさんの料理が出来上がった。

「おお～、こりゃ豪華だぜぃ！」

ずらりと並んだ品々を見て、ケットさんが目を輝かせて喜ぶ。

僕が出した宮廷料理も豪華だったと思うが、それに負けないくらいエイミーさんも手をかけてたくさん料理を作ってくれた。

僕はどちらかというと家庭的な味が好きなので、エイミーさんの手料理はとても嬉しい。

「いただきまーす！」

みんなで朝食を開始する。

見た目通り大変美味《おい》しい料理で、寝起きだけどどんどん胃袋に収まっていく。

うん、旅の疲れが吹っ飛ぶようだ。

ルクも僕たちのすぐ横で、自分のご飯をモグモグと食べている。

「美味しいかい、ルク」

「ンガーオ！」

久々に一緒に寝たのでルクも上機嫌だ。

昨夜のことはともかく、僕もメジェールたちと合流してだいぶ負担《ふたん》が軽くなった。

ただ、ここからが本番なんだから、ちゃんと気を引き締めていかないとな。

「エイミーさん、ごちそうさまでした。とても美味しかったです」

「良かった、夕食も楽しみにしていてくださいね」

食べ終えた食器の後片付けをみんなでしていると、なんと寝たきりだったエイミーさんのお母さんが食堂に現れた。

「お母さん！　こんなに歩いて大丈夫なの!?」

「もちろんよ、さっき起きたら凄く体調が良かったから、少し身体を動かしてみたくなったの。皆様が昨日来られたお方ですね。うちに泊まりに来ていただいてありがとうございます」

「こちらこそお世話になってます」

もうこんなに動けるようになったのか。

病気は完治しているだけに、体力の回復も早いのかもしれない。

「姉ちゃんおはよ……ああっ、母ちゃん！　歩けるようになったのか⁉」

「えっ、お母さん⁉　病気は大丈夫なの⁉」

ちょうどそこに、ニール君とシスちゃんも起きてきた。食堂に来なかったのは、まだ寝ていただけのようだ。

ニール君とシスちゃんは昨夜お母さんが治ったことを知らなかったので、歩いている姿を見てとても驚いている。

「もうすっかり良くなったよ。このお兄さんがくれたお薬を飲んだら、病気が治っちゃったの」

「すげえっ！　昨日のごちそうも凄かったし、兄ちゃんは神様か⁉」

「僕は違うよ。ニール君とシスちゃんがいつも頑張ってるから、きっと神様がご褒美《ほうび》をくれたんだよ」

「でも兄ちゃんのおかげだ、ありがとう！」

「そうよ、全部ヒロさんが助けてくれたの。朝ご飯も豪華なんだから。あ、お母さんも一緒に食べよ。みんなで揃って食べるなんて久しぶりね」

エイミーさんは、僕が渡したアイテムボックスからさっき作った料理を取り出し、テーブルの上に並べた。

「ヒロさんからこんな凄いモノをいただいたおかげで、お料理するのも楽になりました。夕食は早めに作ってアイテムボックスにしまっておくので、今回のようにお待たせすることはないと思います」

まあ僕は、料理ができるまで待つ時間も嫌いじゃないけどね。

でも作り置きしておけるのは便利だと思うので、エイミーさんも色々時間に余裕ができるんじゃないかな。

家族の団らんを邪魔しちゃ申し訳ないので、僕たちは食堂をあとにした。

「王都内の情報を集めるため、今日から僕は街と王城を調査しに行きます」

「では私たちもお供を……」

「いえ、アニスさんたちはここに残っていてください」

アニスさんが一緒に来ようとしたので、キッパリと断る。

「それってアタシたちも？」

「そう、メジェールたちもここに残って、みんなでこの宿を警備してほしいんだ」

「んじゃあヒロ一人でこの広い王都を調査すんのか？　オイラたちも手伝うぜ？」

「ああ、ケットの言う通りだ。みんなで手分けしたほうが何倍も捗る。ヒロ一人じゃいったいどれほど時間がかかるか……」

ケットさんやヨシュアさんも手伝いを申し出てくれたが、今回はその厚意は必要なかった。

「力を分散させるのは危険です。確かに僕一人では少々手に余る仕事ですが、僕だけならどんな状況にも対応できます」

「それは、ワタシたちでは足手まといになると？」

「……はい、ハッキリ言えばそうなります」

言いづらくはあったが、ディオーネさんの問いに正直に答えた。

アニスさんたちでは力不足だし、メジェールたちでも隠密行動は専門外だ。

大勢で動けば隙も増えるだろう。僕一人のほうが危険も少ないし、みんなに隠すことなく力も使える。

「ふむ……ヒロがそこまで言うならワタシたちも余計なことはすまい。ヒロ一人ならいかなる状況でも問題ないだろうし、任せたほうが良いのであろう」

「そうですわね。できればお手伝いしたかったのですが、それはヒロ様にご負担を強《し》いるだけになるのでしょう」

　ディオーネさんもアニスさんも理解してくれたようだ。それを見て、いつもならわがままなメジェールも素直に言うことを聞いてくれる。

「分かったわ！　ここはアタシたちがしっかり守るから任せておいて！　ただ、アンタ一人だけで危険なことはしないでよ。何かを決断するときは、絶対にアタシたちにも相談してよね」

「ありがとうみんな。敵はまだこの宿には気付いてないと思うけど、油断は禁物だ。何かあったら魔導通信機で連絡してくれ」

「了解よ。じゃあ気を付けて行ってきてね」

　宿屋《ここ》のことはみんなに任せて、僕は王都の中心街へと向かった。

◇◇◇

　街に着いたあと、しばらくの間ひたすら人気《ひとけ》のない場所を歩き回り、街の雰囲気を肌で感じ取ってみようとしてみた。

　治安が悪そうなところに何かヒントがあるかなと思ったんだけど、今のところは有力な情報は特に得られていない。

もしも略奪行為を見かけたら助けようとも思ってたんだけど、意外にも遭遇することはなかった。

まだ昼間だからなのかな。それに王都民が気軽に外出していた頃ならともかく、今はもうみんなかなり警戒しているようだし、安易《あんい》には襲えないのかも？

昨日のエイミーさんは、あまりにも無防備すぎたってことか。

エーアスト軍が管理しているという食料庫にも行ってみた。

そこには共同で買い出しに来たであろう人たちが、列を作って並んでいた。

見たところ、みんな少量ずつしか買えてないので、ホントにギリギリの生活をしてるんだろうと思う。そろそろお金も尽きる頃だろうし。

裕福《ゆうふく》そうな人でもあまり買えてないのは、購入《こうにゅう》個数の制限があるせいだ。これはエイミーさんから聞いていた。

彼らにたくさん購入された上で配布されても困るし、定期的に買い出しに来させるためにも個数制限を設《もう》けたんだろう。無理矢理出歩かせて、略奪被害を増やそうという魂胆《こんたん》だと思われる。

そして、一番の目的地――王城まで行ってみる。

『透明化』の魔法を使って限界まで王城に接近し、『真理の天眼』で辺り一帯を解析してみると、案の定、王城は魔界の結界ですっぽりと覆《おお》われた状態になっていた。

多分、異分子を感知するような結界だと思う。これがある以上、たとえ変身や『透明化』を使っても、気付かれずに王城に入るのは不可能だ。

かといって、結界を『虚無への回帰《ヴァニタス・エフェクト》』で解除したら、それこそ大変なことになる。これは強引な手を使うのは難しそうだな。

場合によっては力ずくでいくことも視野に入れるが、その場合魔王軍は何をしてくるか分からない。よって、それは本当に最終手段だ。

そうならないように、この調査で何かのとっかかりを掴まないと……！

『透明化』の使用時間には制限があるので、これ以上ここで長居するわけにはいかない。

とりあえず、僕は王城をあとにした。

今のところ解決の糸口は見つかっていないが、調査初日としてはこんなものだろう。

明日はさらに調査を進めるとして、今日は暗くなる前に帰ることにした。

◇◇◇

僕が王都の調査を始めて三日。

僕なりに広範囲を見て回ったけど、未だ有力な情報を見つけることはできず。三回ほど略奪現場に遭遇したので、助けてあげたりはしたけど。

それで、調査していて気付いたことは、魔王軍関係者は一切外を出歩いてないこと。ずっと王城に閉じこもってるんだ。

ザフィオスやジュードたちが王城に戻ってないから、ヤツらもさすがに疑問を感じているはずなのに、その捜索《そうさく》もしないなんて……

ただ、何かを狙っているような雰囲気は感じている。この静けさはその前兆《ぜんちょう》じゃないだろうか。

『ナンバーズ』の潜入にも気付いてる可能性は高いし、このあと大きな動きがあるかもしれない。

ちなみに、僕たちが泊まっている宿屋の状況だけど、エイミーさんのお母さんはもうすっかり元気になった。

病気で衰弱《すいじゃく》していた身体はスポンジのように栄養を吸収して、あっという間に体重が増え、生気に満ち、今やエイミーさんと家事を分担できるほどに回復した。

いい機会ということで、メジェールたちはエイミーさんたちにカイダの家庭料理を教わっているようだ。

ほか、空《あ》いた時間はみんなで戦闘訓練もしているらしい。

ゼルドナでは日課のように身体を動かしていたので、鈍《にぶ》らないようにここでも稽古《けいこ》しているんだとか。もちろん、近隣住民に見つからないように気を付けながら。

うんうん、あの子たちも成長したもんだ。

◇◇◇

「今日も収穫なしか……」

日が暮れるまであちこち回ってみたけど、結局大した情報を得ることができなかった。

異様《いよう》な雰囲気が街を漂《ただよ》っている気はするんだけど、とにかく出歩いている人がいないから口クに状況を尋ねることすらできない状態だ。

そもそも僕は、諜報《ちょうほう》活動をやったことがないからなあ……いくらいろんなスキルを持っていても、こういうのは経験や勘などが重要なので、見当外れなことをしているのかもしれない。

ここで悩んでいても仕方がないので帰ろうかと思っていると、外を歩いている人の気配を感じた。しかも複数だ。

こんな時間に出歩く人がいるなんてかなり珍《めずら》しいぞ。もし獲物を探しているならず者でないなら、なんの用で外にいるのかが非常に気になるところ。

距離がちょっと離れていたので、急いでそこに向かった。

気配のもとに行ってみると、四人の男性が人目に付かないようにこそこそと歩いていた。

外見から察するに、ならず者ではなさそうだ。であれば、こんな時間に移動している目的が知りたい。

……ちょっと待て！　解析してみたら、男のうち三人は『悪魔憑き』の状態だぞ！

ようやく王都攻略のカギを見つけた！　僕は慎重に近付いて声をかける。

「すみません、どちらへ行かれるんですか？」

「おわあっ！　な、なんだ、誰だっ⁉」

「我らにいったいなんの用だ⁉」

ほとんど隠密状態で移動したので、いきなり僕が現れて四人ともビックリしている。

「いえ、こんな時間に外を歩いているなんて珍しいので、ちょっと気になっただけです」

「どこへ行こうと我らの勝手だろう！」

四人の中で一番立場が上っぽい人が、少し興奮気味《こうふんぎみ》に答える。この男は『悪魔憑き』だ。

そしてその両隣の男も『悪魔憑き』だが、そのことを正常状態《ノーマル》である男性は気付いてないよな？

知ってて協力している可能性もあるけど、さすがになあ……さてどうしようか？

「用がないなら失礼する」

「あ、待ってください。あなたたちの行く場所に僕も連れていってください」

「ふざけるな！　そんなことできるわけなかろう！」

「しっ、おい静かに！　そんなに怒ることもないだろう？」

憤慨する男を諌《いさ》めたのは、正常状態《ノーマル》の男性だ。四人の関係はよく分からないが、このままではラチがあかない。あまり時間もかけてられないし、リスクはあるけど強引にいってみるか。

「そこの三人。お前たちは『悪魔憑き』だな？　何を企《たくら》んでいるか言えっ！」

「なっ……なんだと⁉」

ズバリ言い当てられた『悪魔憑き』の三人はかなり動揺しているようで、言葉をつまらせている。

そして唯一の正常状態《ノーマル》だった男性は、仲間を『悪魔憑き』と言われて慌てふためいた。

「あ……『悪魔憑き』だって⁉　ウソだろっ⁉　ア、アンタなに言ってるんだ⁉」

正常状態《ノーマル》の男性は、僕の顔を見たあと、仲間の顔を一人ずつ何度も見返す。

思った通り、『悪魔憑き』のことは知らなかったらしいな。ということは、ほかの三人はこの男性を罠に嵌めようとしてたってことか？

『悪魔憑き』の男たちは、しばらく押し黙ったあと、観念したのか正体を現した。

「なんでバレたのか分からねえが、こうなったら仕方ねえっ！」

そう言って、正常状態《ノーマル》の男性を片腕で捕まえ、ナイフを突きつける。

「な、なにするんだモルダー、オレは……」

「黙ってろマッシュ、コイツのあとにお前も殺してやる。デイブ、ヤンガス、やれっ！」

モルダーという男に命令されて、デイブとヤンガスと呼ばれた二人が僕に襲いかかってくる。

二人ともナイフを持っていたが、もちろん僕の敵じゃない。怪我させない程度に投げ飛ばす。

「な、なんだとぉ～っ⁉」

「万象原点に帰せ、『虚無への回帰《ヴァニタス・エフェクト》』っ！」

男たちが動揺したところで、『悪魔憑き』の状態を解除した。これで元に戻ったはず。

「……ありゃ？　オリャあなんでこんなとこにいるんだ？」

「なんだ、頭がぼーっとしてクラクラする」

「ん？　マッシュじゃないか。なんでオレはマッシュを抱えてんだ？」

「おいデイブ、ヤンガス、モルダー、なんにも憶《おぼ》えてないのかよっ」

正常状態《ノーマル》だった男性——マッシュという人は、モルダーの腕から脱出して距離をとった。

そして何がどうなってるのか分からないまま怯《おび》えている。

「えーと、モルダーさん、デイブさん、ヤンガスさんでしたっけ？　あなたたちは悪魔に洗脳されていたんです。何か思い当たることはありませんか？」

「悪魔に洗脳だって⁉　……いや、何も思い出せない。オレはいったい何をしてたんだ？」

「モルダー、オレには理解できたぜ。この人にはオレが話そう」

記憶をなくしていたモルダーさんの代わりに、マッシュさんが説明してくれることに。

そして詳細を聞いているうちに、とんでもない情報がマッシュさんの口から飛び出した。


……ヴァクラースがこのカイダ王都にやってくるだってーっ⁉

第三章　最古の大悪魔

1．レジスタンス

『悪魔憑き』の男たちからマッシュさんを助けたら、思いもよらない情報を聞くことができた。

それは、なんとあのヴァクラースが、明日の朝このカイダ王都にやってくるとのことだった。

何故こんな極秘情報をマッシュさんが知っているかというと、実はマッシュさんは、カイダ王都をエーアスト軍から救おうとする反乱組織《レジスタンス》の一員だからだ。

『悪魔憑き』だった男たちも同じレジスタンスの仲間で、四人で出歩いていたのは、アジトへ向かっていたところだったらしい。

ところが、モルダーさん、デイブさん、ヤンガスさんが実は『悪魔憑き』だった。この三人はレジスタンスでも中心になって動いていただけに、マッシュさんもかなり驚いている。

混乱しているマッシュさんに、エーアスト軍の正体は魔王軍という真実を教える。そしてその魔王軍に対抗するために作られたレジスタンスには、『悪魔憑き』が潜んでいた。

ここから導き出されることは一つ。

このレジスタンス自体が、魔王軍に操られているのではないかということ。

つまり、レジスタンスが掴んでいる情報は鵜呑《うの》みにできない。よってヴァクラースが来るという情報は恐らく……いや、間違いなくニセ情報の罠だ。

そのことを確かめるべく、今僕はマッシュさんと一緒にレジスタンスの隠れ家《アジト》へと向かっている。

記憶がない状態で行くのは危険なので、モルダーさん、デイブさん、ヤンガスさんは、自宅で待機してもらうことにした。

メジェールたちには、このまま宿屋の警備をするよう魔導通信機で伝えてある。

日はすでに沈《しず》み、辺りが真っ暗になっている中、マッシュさんの案内でその隠れ家――とある貴族の屋敷へと到着した。

そこはまだ僕が調査してなかった区域で、大きな地下室があるということでレジスタンスの本部にしたのだとか。

もちろん、家主の貴族はレジスタンスの支持者だ。

屋敷の入り口で警備の男に止められる。

「おいマッシュ、この男は誰だ？　何も聞いてないぞ？」

「ああ、明日の作戦に加わってくれる助っ人だ。強さはオレが保証する」

「いきなりだな……しかし、人数は多いに越したことはない。ただ、装備は全てここで置いていってもらうぞ」

「分かってる。じゃあヒロさん、装備は外してここに置いていってくれ」

「了解です」

僕は装備一式を外して警備の人に預ける。

解析によると、この人は洗脳されてはいないようだ。

「次はこの手枷《てかせ》を付けてくれ。申し訳ないが、新顔には全員やってもらう規則でね」

「僕は問題ないです」

僕は警備の人から渡された手枷を両腕に嵌める。

ミスリル製かな？　なかなか良くできた拘束具《こうそくぐ》だ。

「ではこれから幹部たちと会って、あんた……ええっとヒロさんと言ったっけ？　あんたの審査《しんさ》を行う。仲間に加えるかどうかはオレの一存では決められないんでね。万が一不合格なら、ここでしばらく監禁《かんきん》されることになるぞ。ここに来た以上、もう後戻りはできないからな？」

「分かりました。覚悟の上です」

「よし、じゃあ地下室へ行ってくれ」

警備の人に言われた通り、僕とマッシュさんは壁《かべ》からの隠し通路で地下へと向かう。

部外者である僕を簡単に招き入れたのは、裏では魔王軍が操ってるからだろう。

本来ならレジスタンスの内情を、敵であるエーアスト軍――魔王軍に知られるわけにはいかないので、厳しい身元確認などが必要なはずだが、自分たちがその魔王軍なのだから関係ない。

マッシュさんによると、実際不合格になった人はいないらしいので、反逆者を集められるだけ集めて一網打尽にするつもりってところか。

地下に降りてみると、そこには二十メートル四方くらいの広い部屋があり、作戦会議室となっているようだった。

レジスタンスのメンバーはすでに七十人ほど集まっていて、中にはかなりの実力を持つ冒険者も見受けられる。

マッシュさんから聞いた限りでは、この支部には全部で百人程度在籍《ざいせき》しているらしいので、これからまだもう少しやってくるのだろう。この規模《きぼ》のレジスタンスの支部が、王都には全部で四つあるそうだ。

じっくりと見渡してみると、『悪魔憑き』状態の人が何人か確認できた。

いずれも戦闘力は大したことはない。戦闘要員ではなく、上手く騙してレジスタンスに引き入れるのが彼らの役目なんだろう。

いつの間にか知り合いが『悪魔憑き』にされては、この一連の計画が実は魔王軍の策略だとは気付けないだろうな。

少し待つうちにどんどん人が集まり、聞いていた通り百人ほど揃ったところで入り口の扉が閉じられる。

「みんな揃ってるか？」

ガチャリともう一度入り口の扉が開き、身長百八十五センチほどの大柄な男が入ってきた。

短めに切り揃えた黒髪に筋骨隆々《きんこつりゅうりゅう》とした浅黒い肉体、防具は着けていないが、ロングソードを帯剣している。

「ヒロさん、彼がこのレジスタンスのリーダー、SSSランク冒険者のヒムナーさんだ。あの大勢が捕らえられた冒険者の反乱……その地獄を逃げのびた、数少ない冒険者のうちの一人だ」
・・・・・
逃げのびた、だって⁉　なるほど、そういうことか！

この男ヒムナーこそが、反乱の計画を漏らした裏切り者……いや、裏切り者とかそういうことじゃない。最初からこのヒムナーは魔王軍側の男だからな。

そう、この男の正体は……悪魔だ！

◇◇◇

レジスタンスのリーダー――その正体は、『悪魔憑き』などではなく悪魔そのものだった。

ある程度予想していたとはいえ、ヴァクラースや『黙示録の四騎士《ナイツ・オブ・アポカリプス》』以外の悪魔に会うのは初めてだ。

ただ、このヒムナーという悪魔は、明らかにヴァクラースたちに劣る。

悪魔を完全に解析するのは難しいが、細かい能力など分からなくても、存在としてのエネルギーがコイツはまるで弱い。

　ケットさんがいれば『測定者《カウンター》』でもう少し詳しく戦闘力が分かっただろうが、僕の勘では、『魔王の芽《デモンシード》』で強化された上位クラスメイトたちよりも弱いと思う。

　数値としては、戦闘力4000程度なのではないだろうか？　いや、SSSランク冒険者が集まってもなかなか倒せないだろうから、それなりに強いといってもいいのか？

　大失敗に終わったという冒険者の反乱。計画が魔王軍に筒抜けだったのではと言われたけど、やはり内通者がいたんだ。

　というより、ひょっとして計画の発案者がこの悪魔ヒムナーだったのでは？

「マッシュさん、落ち着いて聞いてください。あのヒムナーという男は悪魔そのものです」

　僕は小声でマッシュさんに耳打ちする。

「なんだって⁉　ひょっとしてアイツも『悪魔憑き』じゃないかと疑っていたが、そもそも人間ですらなかったのか！」

「はい。このレジスタンス自体、悪魔のための組織です。明日の作戦というのも、間違いなく罠でしょう。ヒムナーはどうやってこの組織に入ったんですか？」

「いや、入ったも何も、ヤツが中心となって作った組織だ。何せ貴重《きちょう》な上位冒険者だし、反乱の生き残りでもある。人を集めるのは難しくなかったぜ」

やっぱりそうか……そもそも組織を立ち上げたのが魔王軍だったというわけだ。

カイダ国民はエーアストが魔王軍だと知らないし、騙されてしまうのも無理はない。

「あのヒムナーは、ある日三人の仲間とこの王都にやってきて、凄い活躍を見せたらしい。見たことのない連中だったんで、ひょっとしてSSSランク冒険者じゃないかと噂も立っていた。そんなとき、エーアスト軍が侵攻してきて王都が落とされちまった。その後の軍のやり方が気にくわなかった冒険者らは、ヒムナーたちを中心として反旗を翻したが、知っての通りあっけなく鎮圧《ちんあつ》されちまった。そして今に至ってる」

ヒムナーはエーアスト軍が来る前に、すでに王都に入って下準備を進めてたのか！

これは予想外だった。

あっけなく王都が落ちたのも、裏でヒムナーたちが手引きをしてたからかもしれない。

ヒムナーにはほかに三人の仲間がいるってことだけど、ここ以外の三ヶ所のレジスタンスをまとめているのはそいつらか？

SSSランク冒険者は通常の依頼を受けないことが多いから、冒険者同士の繋《つな》がりも薄い。だから素性《すじょう》を隠しやすい。

ギルド内の浸食《しんしょく》も地道に進めてたようだし、色々とまあ上手くごまかしたんだろうな。

平常時なら悪魔の個体数は非常に少ないし、悪魔信仰の人が契約によって喚《よ》び出す以外では、地上で実体を保ち続けるのは難しい。

ヴァクラースたちのような上位悪魔なら長期の実体化も可能なんだろうけど、それでも本来よりずっと弱い力しか出せない状態だった。

それが魔王復活が近付いたことにより、悪魔たちの能力はケタ違いに上昇し、下級悪魔ですら自由に動ける状態となってしまった。

悪魔がこれほど身近に存在するなど、今までに経験したことのない状況だ。長い間悪魔に慣れてなかった人類には、この計画に気付くのは難しいかもしれない。

今もヒムナーを疑ってる人はいないようだし、このままじゃまた魔王軍の思うつぼだ。なんとかしないと……！

「……ふむ、おかしいな、モルダー、デイブ、ヤンガスが見当たらないが、ヤツらは何をしてるんだ？」

ヒムナーは集まったレジスタンスの面々を見回したあと、早速『悪魔憑き』だった三人がいないことに気付いたようだ。

恐らく、コイツが『悪魔憑き』をかけた張本人だな。

あの三人を連れてこなくて良かった。術が解けたことは、すぐ気付かれてしまったに違いない。

「ヒムナーさん、彼ら三人は、やることがあるから遅れていくって言ってました」

マッシュさんが、僕の計画通りの言葉を伝える。

「この大事な夜に遅れてくるだと？　……仕方のないヤツらだ」

ヒムナーは少し困惑したあと、努《つと》めて平静を保とうとしているように見えた。

気にはなっているんだろうが、あまり余計なことをしたくないのかもしれない。

「ではここにいるヤツらでもう一度確認をするぞ。明朝のことだが……」

ヒムナーの説明はこうだった。

明日の朝、エーアスト軍幹部のヴァクラースが、秘密裏《ひみつり》に王都へとやってくる。

もちろん正規の門ではなく、賓客《ひんきゃく》を極秘に迎えるための裏門から入ってくるとのこと。

それに際し、カイダ王都の主——白幻騎士《ファントムナイト》も出迎えに行くらしいのだが、これは一部の者しか知らない機密《きみつ》事項ということで、護衛《ごえい》もほとんどいないのだとか。

白幻騎士《ファントムナイト》は今まで王城に籠《こ》もり続けていたため、レジスタンスは一切手が出せなかった。

それが、ほぼ護衛も付けずに無防備に現れるのだ。この千載一遇《せんざいいちぐう》のチャンスを逃すわけにはいかない。

……が、もちろんコレはニセ情報だ。レジスタンスを誘い出して一網打尽にするのが目的だろう。

ただ、少々納得いかないのは、いくら反乱軍の残党《ざんとう》を一掃したいとはいえ、すでにめぼしい冒険者はほぼ捕らえたし、正直言ってここにいる人たちはそれほど脅威じゃないのにここまで大がかりな作戦を行うことだ。

……ひょっとして、魔王軍の目的は別にあるんじゃないのか？

例えば、この王都に隠れているであろう『ナンバーズ』をおびき出すとか？

『ナンバーズ』ほどの人なら、情報はすでに聞きつけているはずだし、このチャンスを逃さないだろう。もしかするとレジスタンスをあえて大きくしたのも、『ナンバーズ』に嗅《か》ぎつけられやすくするためなのかもしれない。

そう、恐らくこれはレジスタンスを囮《おとり》にして、『ナンバーズ』を罠に嵌める作戦なんだ！

まずいぞ、絶対に阻止《そし》しないと！


悪魔ヒムナーの話を聞き終え、僕なりに整理したあと、ヒムナーに質問を投げかけることにした。

このレジスタンスに参加する大勢の前で、その正体を曝《あば》くためだ。

「あの……スミマセン、ヒムナーさんはSSSランクの冒険者ということですが、このカイダ王都に来る前はどこの国に所属していたのですか？」

「なんだ君は？　知らない顔だな」

「あ、ご挨拶が遅れました、明日の作戦に参加させてもらうヒロと申します。まだ加入を認めてもらったわけではないんですけどね」

「審査も終えてないのに、余計な口を出さないでもらいたいな」

ヒムナーの態度があからさまに不機嫌《ふきげん》になる。まあ聞かれたくないことだからね。

「SSSランク冒険者は世界でもそう多くはいません。ヒムナーさんがどこから来たのか是非知りたいのです。それとも、何か言えない事情でもあるのでしょうか？」

「オレは元々エーアストに所属していた。その後こっちへと移動してきて、現在この状態となっている。それはここにいる仲間たちも知っていることだ。これで満足したか？」

そう言うだろうと思ってたよ。魔王軍はエーアスト以外のことを知らないだろうからな。

ちなみに、僕がエーアストにいた頃は、SSSランク冒険者は国内にいなかった。

まあ冒険者は頻繁に移動するので、今でもいないのかどうかは分からないけど。

「ヒムナーさんはエーアスト所属だったんですか。実は僕もエーアストの冒険者なんです。これでもSランクなんですよ」

僕はSランク冒険者の証明であるシルバーのギルドカードを取り出して、本人証明の輝きをみんなに見せる。

両手をミスリルの手枷で拘束されているので、少々モタついちゃったけどね。

僕のギルドカードを見た周りの人間は「おお～」という声を上げた。今となっては、Sランクは貴重な戦力だからだ。

ギルドカードは身分証明としてはかなり信頼度が高く、精密な作りゆえに偽造《ぎぞう》も難しい。

何故なら、所持者認証によって本人と確認されるとカードが発光するという仕組みであるため、仮に盗《ぬす》んで所持者になりすまそうとしても不可能なのだ。

この認証でカードを光らせて、僕がニセ者ではないことを証明した。

僕がエーアスト所属のSランクと知って、ヒムナーはかなり警戒しているようだ。ウソをつけばすぐにバレるからな。

「……なるほど、これは頼もしいな。君は合格だよ。明日は是非我らと共に戦ってほしい」

「ありがとうございます。できれば、ヒムナーさんのカードも見せていただければ嬉しいのですが？　何せ、SSSランクのカードを拝《おが》む機会はなかなかないですからね」

さて、この要求にヒムナーはどう応える？

ギルドカードのことはごまかしていると睨んでいるが、果たして？

「オレのカード……？　いや、作戦前夜ということで携《けい》帯《たい》はしていない、だが、何人かには見せているので、そいつらから感想を聞いてくれ」

何人かに見せただって？　恐らく見たというのは手下の『悪魔憑き』たちで、そいつらがカードは本物だったと証言するんだろう。

ほかの人にも偽造カードを作って見せたかもしれないが、ちゃんと所持者認証などはしてないだろうな。多分、ちらりと見せた程度のはず。

ＳＳＳランクのギルドカードなんてみんな見たことないだろうし、カイダのギルド上部は魔王軍に浸食されているから、ヒムナーの実力とギルドからのお墨付《すみつ》きがあれば、ＳＳランクということについて疑わなかったに違いない。

「そうですか……携帯してないとは残念です。ところでヒムナーさん、ＳＳＳランクのカードって何色なんですか？」

「黒に決まっているだろう」

「そうです。光を吸い込むような真っ黒なカードですね。そして、ＳＳＳランクのカードには特別に模様《もよう》が入っています。それは何かもちろん知ってますよね？」

「……模様など、特に気にしたことはなかったので憶えてないな。それがどうしたというんだ？」

「いえ、絶対に知っているはずです。冒険者最高位ＳＳＳランクに選ばれたとき、ギルドから必ず説明されるはずですから」

「何故君はそんなことを知っているんだ？」

「僕はＳＳＳランクに知り合いが多いんですよ。あの英雄級冒険者『ナンバーズ』全員とも知り合いなんです。なので、ＳＳＳランクのカード――ブラックカードも直《じか》に見たことがあるんです」

「ええっ、『ナンバーズ』だって⁉」

「あんた、『ナンバーズ』と面識があるのか!?　それも全員と!?」

「はい。一緒に仕事をしたこともありますよ」

周りのみんなが驚いている。ＳＳＳランク最上位の七人である『ナンバーズ』は、半《なか》ば伝説的な存在だからね。

ＳＳＳランク冒険者のことなど全然知らない人たちは騙せただろうが、『ナンバーズ』の知り合いが現れては、言い訳も苦しいだろう。

悪魔ヒムナーは何も答えられずに押し黙っている。

「ヒムナーさん、どうやらブラックカードに入っている模様を知らないようですね。答えは、『正義』を意味するルドベキアの花です。ソレが金色で描《えが》かれているんですよ」

「……いったい何が言いたいのだ」

「分からないのか？　アンタがＳＳＳランク冒険者というのは真っ赤なウソだということだ！　正体はもうバレているぞ、この魔王軍の悪魔め！」

僕の言葉を聞いて、周りにいる人たちが驚く。

まさか、今までヒムナーが身分を偽《いつわ》っていたなんて思いもしなかったんだろう。多分それは手下である『悪魔憑き』たちが、レジスタンス全員の思考を上手く操っていたからだ。

今ここにいる人たちは、僕とヒムナーのどちらが正しいのか悩んでいるはず。

魔王軍や悪魔なんていう事実にも、いきなりで戸惑《とまど》っているに違いない。

この状況になれば、相手がやることは……

「コイツ、いきなり来てナニ言ってやがる！」

「大事な作戦前に、俺たちを惑《まど》わそうとしてるんだ！　コイツはエーアスト軍のスパイだ！」

「みんなで引っ捕らえろっ！」

やっぱりね。手下である『悪魔憑き』が動くと思ってたよ。

「万象原点に帰《き》せ、『虚無への回帰《ヴァニタス・エフェクト》』っ！」

想定通りの展開なので、僕は『虚無への回帰《ヴァニタス・エフェクト》』で『悪魔憑き』状態を解除する。

『悪魔憑き』にかかってた人たちは、術が解けて力が抜けたようにその場にへたり込んだ。

「……あれ？　オレはなんでこんなところにいるんだ？」

「待て……どうなってるんだ？　何も思い出せない」

「なんだお前ら？　ここはいったいどこなんだ⁉」

「おいおい、お前たちはヒムナーさんにずっと付き従って、この計画の準備をしてきたじゃないか！　いったいどうしちまったんだ⁉」

「ああん？　ヒムナーって誰だ？」

元に戻った人たちが、自分の状況を理解できずに混乱している。

周りの人たちも、この異常事態を目《ま》の当たりにして完全に気付いたようだ。

とりあえず、これでもうヒムナーに味方はいなくなった。

「こ、こりゃあ……ヒムナーさん、まさかあんたオレたちを騙していたのか⁉」

「どういうことなのか、キッチリ説明してもら……」

「クックックッ、まさか土壇場でこんなことになるとはな……」

ヒムナーが不敵《ふてき》な笑い声を漏らし、帯剣していたロングソードを外して地面へと落とす。

そして全身に力を入れたかと思うと、服を破《やぶ》りながらボコボコと身体が異様に膨れあがっていき、一まわり、二まわり……いや三まわりほど巨大化した。

肌の色は、青みがかった灰色に黒や赤紫などがところどころに混じり、金属のような光沢さえ帯《お》びている。

背中から蝙蝠《コウモリ》のような翼が出現し、下顎《したあご》からは銀色の牙が伸びていく。

頭部の左右からは漆黒《しっこく》の角《つの》が生え、額《ひたい》が突き出たせいで眼窩《がんか》は窪《くぼ》んで、その黒い眼球には金色の瞳が輝いていた。

そう、正体を現したヒムナーは、誰がどこからどう見ても立派な悪魔だった。

「なっ、なんだコイツはっ⁉　デ……デカいっ！」

「あ……悪魔だ！　そんな、ヒムナーさんが悪魔だったなんて⁉」

「ウソだろっ⁉　オレたちは悪魔の命令に従ってたのか？」

ヒムナーが変身した三メートルほどの悪魔を見て、レジスタンスのみんなは驚愕の声を漏らす。

これはショックだろう……王都民を救おうと立ち上げた組織が、実は悪魔に操られていたのだから。

その凶悪な姿に一瞬おびえを見せたレジスタンスたちだけど、エーアスト軍に逆らおうとするだけに、みんな肝が据わっているようだ。

すぐに正気を取り戻し、戦闘力の低いメンバーはいっせいに後ろへと下がり、そして腕に自信のある冒険者たちが素早く悪魔ヒムナーを取り囲む。

地下の会議室とはいえ、冒険者たちは不測の事態に備《そな》えて、しっかりと装備は着けている。僕は新顔ということで、装備は取り上げられた上に、両腕にミスリル製の手枷を嵌められてるけど。

「よくも今までオレたちを騙してくれたな！　この悪魔め、容赦なく退治してやる！」

「悪魔と戦うのは初めてだが、オレたちだって修羅場《しゅらば》はくぐってきている。強敵との対戦がないわけじゃない」

「この人数相手だ、逃げられると思うなよ？」

「散々《さんざん》訓練してきたオレたちの連携《れんけい》攻撃を喰らうがいいっ！」

このレジスタンスの中でも特に戦闘力の高い冒険者——SSランクが三人と、Sランク十人でヒムナーに戦いを挑《いど》むようだ。

いや、無理だ、気持ちは分かるけど全然相手にならないぞ!?

ヒムナーにはまだ聞かなければいけないことがあるので、あえて『呪王の死睨』で即殺しなかったんだけど、どうしようか少し考えている間に、一瞬で態勢を整えた冒険者たちが仕掛けてしまった。

白幻騎士《ファントムナイト》の襲撃を考えているほどの集団だけに、素晴らしい判断力と連携ではあったが、この状況においてはそれがアダとなった。

「グフフ、その程度でイキるとは笑わせる、オラァッ！　フーン！」

「なっ、ぐううっ！」

「そ、その巨体でその動きだとっ!?」

「バカなっ、があぁっ」

ヒムナーは巨体に似合わぬ速さで冒険者たちの斬撃《ざんげき》や狙撃を軽々と躱し、その両手から伸びた黒光りする爪で、力任せに次々と薙ぎ払った。

冒険者たちはなんとか盾《たて》や防具で防げたようで、重傷を負った人は見当たらないが、激しく突き飛ばされた衝撃でみんな起き上がれない状態だ。

「皆さん待ってください、コイツの相手は僕が……」

「さすが悪魔……なかなか鋭い反応だが、しかしオレの動きは捕らえられねーぜ！」

と言って、SSランク冒険者の一人が身体を沈めて一気にヒムナーへと突進した。

確かに速い！　的《まと》を絞《しぼ》らせないよう左右に飛びつつ、稲妻《いなずま》のように接近していく。

……が、この程度の動きが通用する相手じゃない。

「ほう、確かに捕まえるのは面倒だな。ならうるさい小虫は羽をもいでやろう」

「なっ……なにいっ!?」

ヒムナーが軽く左腕を上げると、力強く地を踏《ふ》みしめていた冒険者の足が宙で空回《からまわ》りした。

なんと、空中に浮いたのだ！

これは……そう、マズリィンが持っている『超能力《エスパー》』の『念動力《サイコキネシス》』と同じ能力なんだろう。冒険者は足が着かない状態で浮かされ、完全に動きを封じられてしまった。

悪魔はそれぞれ特異《とくい》な力があったりするようだけど、このヒムナーは『念動力《サイコキネシス》』を持っているらしい。これでは冒険者たちも簡単には近付けない。

「グハハ、ではこのまま八《や》つ裂《ざ》きにしてやる！」

宙に浮かされて無防備な冒険者を、ヒムナーはその鋼《はがね》の爪で斬り裂こうとした。

その黒爪が届く一瞬前に、僕が飛び込んで抱えるように冒険者を救い出す。

「ぬうっ、目障《めざわ》りな小虫がもう一匹いたか」

「皆さん下がってください。この悪魔の相手は僕がします」

「無茶だ、Sランクの君ではあの悪魔の相手になるはずがない！　それにその手枷、上に戻らないと外せないぞ⁉」

「ああ、こんなオモチャ……」

僕はミスリル製の手枷を軽く破壊する。

『盗賊魔法《シーフマジック》』の『解錠』でも外せたけど、力ずくで壊《こわ》したほうが早いしね。

「て、手枷が……え？　ミスリル製だぞ？　どういうことだ⁉」

「まあ見ててください。『ナンバーズ』の知り合いというのが伊達《だて》ではないことを証明しますよ」

僕はレジスタンスのみんなを下がらせて、悪魔ヒムナーの前に立つ。

「ぬうっ……なるほど、オレを油断させるためにニセの手枷を嵌めていたということか。つまらん小細工《こざいく》をするヤツだ」

ヒムナーは僕が簡単に拘束具を破壊したのを見て、それがニセモノだったと勘違いしてるようだ。

まあコイツが大して強くないのは分かってるんだけど、それが悪魔のランクとしてどの程度なのかは不明なんだよね。

底辺中の最底辺悪魔がこの力なら、ほかの悪魔はかなり手強いということになるけど、しかし完全な下っ端《したっぱ》にはここまでの仕事を任せないと思うので、そこそこの立場なんだろうとは思う。

中級ランクと思っていいのかな？　いや、下級ランクのまとめ役ってところか。

とりあえず、コイツには色々と確認しておきたいことがあるので、即殺せずにちょっと叩きのめさせてもらうよ。

せっかくだから、コイツ相手には同じ能力を使って力の差を思い知らせてやる。そのほうが、屈服《くっぷく》させやすいだろう。

僕は経験値3億を使って、マズリィンからコピーした『超能力《エスパー》』をレベル5に上げた。

「ヒロ……といったか？　貴様のせいで、せっかくの計画が台無《だいな》しだ。我らの秘密をほかの支部に気取《けど》られないためにも、ここにいるお前たちは皆殺しにする。恨《うら》むなら、そこのヒロという男を恨むんだな」

ヒムナーは軽く反《そ》り返ったあと、左手を前に突き出して念を込める。

『念動力《サイコキネシス》』だ。この力で僕の動きを封じて、爪で引き裂こうというつもりなんだろう。

しかし、僕にはまるで影響がない。

僕は自身の空間座標を固定する力――『力場《パワーフィールド》』が超強力だし、そもそも『神盾の守護《イージスフィールド》』によって、僕に対する負の効果は九十九パーセントカットされている。

ま、この程度の『念動力《サイコキネシス》』じゃ、SSランクの冒険者には通じても、リノたちにすら無意味だろうな。

「どうしたヒムナー？　いったい何がしたいんだ？」

「バ……バカなっ、どういうことだ、身体を浮かすことすらできんとは……!?」

「身体を浮かす？　こういうことか？」

僕は左腕を軽く上げ、『念動力《サイコキネシス》』でヒムナーを宙に浮かす。

「こ、これはマズリィンの能力!?　いや、そんなわけはない、いったい何が起こってるのだ!?」

「ヒムナー、お前には聞きたいことがある。素直に従うなら、僕も手加減するが？」

「何をふざけたことを！　人間ごときがあぁあぁぁぁ〜」

僕は『念動力《サイコキネシス》』でヒムナーを左奥の壁へと飛ばす。ヒムナーの声が猛スピードで遠ざかり、そのまま思いきり壁に叩きつけられる。

「おげえっ」

そしてグッとこっちに引き寄せ、一瞬で僕の前を通過させたあと、今度は右奥の壁へと激しく叩きつける。

二十メートルの超速空中遊泳だ。

「ごはあああっ」

さらに、そのまま床と天井にガンガン上下往復《おうふく》で叩きつけながら、ヒムナーをまた僕のもとへと引き寄せた。

「ごっ、がっ、ぐっ、やめっ、ごべっ、げっ、ぷぎっ、あがあっ」

割と手加減なしで叩きつけまくったので、ヒムナーは牙も角も爪も折れてしまった。恐らく全身の骨も砕けているだろう。

そして今、僕の目の前にボロボロとなったヒムナーが浮いている。

「ふーん、外見は恐ろしいけど見かけ倒しの悪魔だな。さて次は……」

「ま……待ってくれっ、ア、アンタ何者だ⁉　人間じゃ、人間じゃないんだろ？　オレたちの仲間のはずだ、何故こんなことをする？」

「勝手に仲間にしないでくれ。僕はれっきとした人間だ。質問に答えるなら許してやってもいいが？」

「こ、答える、なんでも答えるからもうやめてくれ～っ」

おっと、意外に素直だな。手間が省《はぶ》けて助かる。

「じゃあ聞くけど、明日の襲撃作戦は罠だな？　それはお前が答えなくても分かる。問題は目的だ。このレジスタンスを一網打尽にするのが狙いじゃないだろう。真の目的を言え！」

「な、なんのことだ？　王都に潜伏《せんぷく》してる反乱軍の残党を一掃するのが目的なだけだぞ。それ以外に何か狙いがあったとしても、オレのような下っ端にはああぁぁ～ごぶうっ」

またヒムナーを左壁に飛ばして叩きつける。ウソを言ったからだ。

騙そうとしても僕には解析で分かるからね。

そのまま上下に叩きつけまくって、また僕のもとに引き寄せる。

「次にウソを言ったら、この倍は叩きつけるぞ」

「ハァッ、ヴハァ、ウ、ウソなんかじゃねえってえええええええええ～がはあっ！」

さすが悪魔、全然懲りないな。今度は右壁に叩きつけた。

言っておくが人類のためだ。容赦はしないぞ。

地響き立つほどボッコボコに床と天井を往復させてから、もう一度引き寄せる。

「次にウソを言ったら……」

「わ、分かった、まいった、も、もうウソは言わねえっ！　も、目的は、どこかに潜んでやがる『ナンバーズ』をおびき出すためだあっ！」

やはりそうか！　これを確認したかった。

なら、『ナンバーズ』相手だけに、それ相応の罠は仕掛けてあるだろうな。

もしかしたら、まだほかにも目的があるかもしれない。もうちょっと聞いてみよう。

「それだけか？　ほかにもう理由はないだろうな？」

「あ、ああ、もう一つだけある。ユーリっていうのがもし王都に来てるなら、そいつもついでに罠にかけたいらしい」

「ユーリ？　そいつのことはどこまで知っている？」

「いや、全然だ。ここに来てるかどうかも分からないらしいが、要注意人物ってことだけは聞かされた。何やら神徒たちも行方《ゆくえ》が分からなくなってて、そのユーリってのが関係してるんじゃないかって話だが、それ以上は知らねえ。ホ、ホントだ、ウソじゃねえぞ!?」

ふむ、ウソは言ってないようだ。

ここに来るまでに出会った敵たちは全て返り討ちにしてきたから、ユーリが現在どこにいるか掴めていないだろうな。

ザフィオスたちが帰ってこないから、ユーリが来てるかもと推測《すいそく》したんだろう。

そうか、罠のターゲットには僕も入っていたか……

ってことは、ヴァクラースは本当に来るのかもしれない。一応確認しておくか。

「ヴァクラースは来るのか？」

「……いや、ヴァクラース様は来ねえ。今回の作戦は、白幻騎士《ファントムナイト》様だけで充分って話だ」

……ウソじゃないようだ。

ただ、このヒムナーも、ウソの情報を聞かされている可能性はある。

が、砦でサマンサたちから聞いた情報でも、ヴァクラースはエーアストから動かないと言ってたし、信じていいだろう。

要するに、『ナンバーズ』や僕のことを白幻騎士《ファントムナイト》は一人で始末できる自信があるってことか。

『黙示録の四騎士《ナイツ・オブ・アポカリプス》』の中でも群を抜いて強いという話だし、白幻騎士《ファントムナイト》には何をしても無駄とも言ってたっけ。

その能力が気になるところだが、ヒムナーはヴァクラースや白幻騎士《ファントムナイト》の能力を知っているのだろうか？

「ヒムナー、ヴァクラースや白幻騎士《ファントムナイト》の能力については知っているか？」

「い、いや、知らねえっ……ホントだ！」

……うーん、ウソはついてないようだ。この程度の雑魚《ざこ》悪魔じゃ知ってるわけないか……

仕方ない、ほかにコイツの知ってる情報だけでも聞き出しておくとしよう。

「ヴァクラースと白幻騎士《ファントムナイト》のことで、何か知ってることがあるなら言うんだ」

「あ、あの方たちはオレにとっては雲の上の存在で、生きている年数もオレとはケタ違いだ。ヴァクラース様は前回の大戦でも魔王軍総司令官を務《つと》めていて、そのときに四つの国を滅《ほろ》ぼしている」

なんだって！　前回の魔王復活のときに、すでにヴァクラースはいたのか！

ということは、最低でも五百歳ってことか……いやちょっと驚いたけど、あれほどの悪魔なんだからそれくらいは当然か。

「そして白幻騎士《ファントムナイト》様は、誰よりも長く生きている最古の大悪魔様だ。ヴァクラース様が現れる前の総司令官でもある」

ヴァクラースの前の総司令官⁉　そして最古の大悪魔だって⁉

そこまで凄いヤツだったとは……うーん、ちょっと白幻騎士《ファントムナイト》をナメていたかもしれない。

あ、もう一人いるのをすっかり忘れてた。

「最後に、セクエストロ枢機卿《すうききょう》は何者なんだ？」

「セクエストロ？　……ああ知らねえっ、あの方はオレたちにも謎の存在だ。ただ、魔王軍総司令官のヴァクラース様より立場は上ってことだけは分かってる」

やはりセクエストロのほうがヴァクラースよりも上なのか……身内の悪魔にすら正体を隠しているということは、知られてはまずい存在なのだろう。

とすると、神託《しんたく》の預言で言っていた『第一の魔』とはセクエストロのことと思って間違いないな。恐らく、伝説に残っている魔王の腹心《ふくしん》――魔界四将の一人だと思う。

場合によっては、熾光魔竜《ゼイン》よりも強いという『始祖《しそ》の竜』の可能性もあるわけか……

くそっ、ヴァクラースのことばかり考えてたけど、セクエストロがさらに手強いとは！

いや、まずは白幻騎士《ファントムナイト》が先か。最古の大悪魔っていうのはどれくらい強いんだ？

熾光魔竜《ゼイン》も数千年生きてきたと言ってたけど、それよりも長く生きているんだろうか……想像もつかない存在だ。

って、そういえばアピって元々『暴食生命体《アベルピスィア》』だから、一万年くらい生きてるんだっけ？　そう考えると、少し気が楽になるな。

最古の悪魔だろうと、必要以上に恐れることはない。冷静に力を分析して倒すだけだ。

思いがけずヒムナーから重要な情報を聞けて良かった。


「も、もういいか？　素直に喋ったんだから許してくれるよな？」

ヒムナーがボロボロの身体を動かしながら必死に哀願《あいがん》してくる。

よく見ると、傷の一部が少し修復《しゅうふく》しているようだ。

さすが悪魔、再生能力が高いな。元クラスメイトであるザンダーの『損傷再生《そんしょう》』ほどじゃないけど、放っておいたらあっという間に回復してしまうだろう。

「うーん、まあいいだろう。ただし、今すぐ魔界へ還《かえ》れ。この場で『帰還門《リターンゲート》』を開いて還るなら見逃してやる」

「ああ分かった。じゃあ還るから見ててくれ」

やけに素直だな。ヒムナーが何かの能力で異界の門を開ける。

魔界への還り方って実は知らないんだけど、この門で還るのかな？

って、コレ『帰還門《リターンゲート》』じゃなくて『召喚門《サモンゲート》』じゃないか⁉　黙って見ていたら、何かが出てきそうな気配を感じるぞ？

「このクソ野郎がっ、オレ様をよくも散々いたぶってくれやがったな！　死にやがれっ！」

ヒムナーは、体長七、八メートルほどの魔界生物を喚び出した。

大きな口を持った環形《かんけい》動物で、解析によると身体は剣すら通さない鱗状《りんじょう》の金属殻《かく》に覆われ、魔法などにも非常に強い耐性を持っているらしい。

コレが僕の前後左右に四匹出現した。

コイツらを四匹同時に相手するのはかなり大変だ。手こずっているうちに、僕はどれかに食われちゃう……とヒムナーは思ってるだろうな。

まあ身体は非常に強靱《きょうじん》だけど、即死耐性は持ってなさそうなので、この魔界生物四匹を『呪王の死睨』で即殺する。

魔界生物は地上では存在を維持できないらしく、死んで地面に横たわると、間もなく蒸《じょう》発《はつ》するかのように消滅した。

「バ、バカなっ！　『悪魔喰い《デーモンイーター》』四体が、一瞬で全滅だとっ⁉　こ、こんなことあるはずが⁉」

あーあ、ひょっとしたらヒムナーは無理矢理魔王軍に従ってるだけとか、場合によっては敵対行為をやめてくれるかもとか、そういう悪魔としての可能性を試してみたんだけど全然無駄だったようだね。

ちゃんと改心したら、本当に逃がしてもいいかなって思ってたんだけど……とはいえ、改心してないことは解析で丸わかりだったけどさ。

「お、お前いったい……はっ⁉　ま、まさか、お前がユー……ごふぅっ」

　おっと、余計なことを言いそうだったので、『呪王の死睨』でヒムナーを即殺した。

　全てが終わったので振り返ってみると、レジスタンスのみんなは真っ青《まさお》な顔をして、後ろの壁に張りつくように引いていた。ここまで一緒に来たマッシュさんまで少したじろいでいる。

　やばっ、やりすぎちゃったか⁉

　でも『念動力《サイコキネシス》』でボコボコにしたほうが、ヒムナーを屈服させやすそうだったんだよね。どうにもならないほどの圧倒的な差を思い知らせてやれるかなと。

　どのみちあのヒムナーを屈服させようと思ったら、多少無茶なことをしなくちゃならなかった。どう戦っても、みんなが納得する形でヒムナーを屈服させるのは難しかっただろう。

　とりあえず、一から順に説明しようと思ったら、僕が口を開く前にマッシュさんがみんなへと向き直って、強い口調で訴《うった》え始めた。

「待ってくれみんな、確かに今の力には驚いたが、ヒロさんは信用できる人だ。実はここに来る前に、エーアストが魔王軍であることはヒロさんから聞いていた。そして本当にその通りだった！」

「し、しかし、このヒロという男も人間じゃ……」

「あ、ああ、いくらなんでも強すぎだ、さっきのは人間業《わざ》じゃない」

「コイツも悪魔なんじゃないのか⁉」

「強すぎて何が悪い！　ヤツらを倒せるのはヒロさんだけだぞ！」

マッシュさんの言葉に、レジスタンスのみんなはしんと静まりかえる。

「考えてもみてくれ、今まで悪魔のヒムナーを信じていながら、何故ヒロさんを信じないんだ。完全に信じるべき相手を間違えている。もうそんな過《あやま》ちを犯しちゃいけない！」

「……マッシュの言う通りだな。悪魔を信じていたのに、それを倒した男を信じないなんて馬鹿げている。すまないヒロさん、アンタが凄すぎて、オレたちゃ少しビビっちまっただけなんだ」

「ああ、オレもヒロさんを信じる。というか、オレたちが何人でかかったってヒロさんは倒せない。そして、ヒムナーの告白を聞いた限りじゃ、大悪魔である白騎士を倒せるのはヒロさんだけだ！」

レジスタンスのみんなが、僕を信じてくれる言葉を口々に叫び始めた。

良かった……マッシュさんのおかげだ。

「ありがとうございます、マッシュさん」

「礼を言うのはこっちのほうだぜ。ヒロさんなら必ずこの国を救ってくれる」

「任せてください！」

よし、勝負は明日の朝だ。

時間はあまりないが、状況を全て確認して作戦を練《ね》ろう。

2. vs魔王軍

夜が明けて朝となった。

あのあと、僕たちは様々な可能性を考えつつ、なんとか上手く計画をまとめることができた。

急ごしらえの作戦なので不安はあるが、ぶっつけ本番でいくしかない。

もうすぐヴァクラースが王都《ここ》に到着する時間――もちろんコレはニセ情報だが、一足先にこちらは行動開始となる。

この作戦にはメジェールやリノ、アニスさんやヨシュアさんたちも参加する。危険な戦いになるが、絶対に全員無事のまま成功させるつもりだ。

「ヒロさん、気を付けて。必ず……必ず帰ってきてくださいね」

宿の前まで見送りに来たエイミーさんが、不安そうな表情で僕を見つめる。

「大丈夫、約束しますよ。じゃあみんな、計画通りによろしく頼む。くれぐれも気を付けて！」

「了解よ。ヒロも……アンタは負けないと思うけど、でも充分注意してね」

「分かってる、必ず白幻騎士《ファントムナイト》を倒すよ」

メジェールが微笑みながら頷く。

「ヒロ様、どうかご無事で！」

「ンガーオ！」

アニスさんとルクも、気を引き締めるように声を出した。

そして僕たちは、まだ少し薄暗い中、それぞれの担当場所へと移動を始める。

目的は、昨夜とは別の三ヶ所のレジスタンス支部へ行き、それぞれ統率《とうそつ》している悪魔を倒すことだ。

アジトに直接殴《なぐ》り込むのはさすがにちょっと混乱しそうなので、他支部のレジスタンスたちが今日の作戦場所へと移動している最中に襲う計画だ。

移動ルートは分かっているので、襲撃ポイントも決めてある。こっそりあとを尾《つ》けて、そこで素早く実行する。

ヒムナーを見た限りでは、リノたちでもこの程度の悪魔になら勝てるはず。冒険者に化けた悪魔の中では、恐らくヒムナーが一番強いという話だったし。

この作戦のためチームを三つ作る必要があったので、チームAにはメジェールとアニスさんとディオーネさん、チームBにはリノとフィーリアとルク、チームCにはソロルとフラウ、ヨシュアさん、ケットさんというチーム分けにした。

問題はレジスタンスの中に潜んでいる悪魔の見分け方だけど、万が一間違っては大変なので、チームAには『天眼』を持つメジェールを、チームBには『聖なる眼』を持つフィーリア、チームCには『測定者《カウンター》』のケットさんを配している。

ほか、昨夜のレジスタンス仲間も三つに分けて、それぞれのチームに付き従って行動してもらう。

これは他支部のレジスタンスたちを説得するためだ。

白幻騎士《ファントムナイト》との戦闘現場にレジスタンスの人がいると危険なので、本日の襲撃作戦は中止してもらわなければならない。このことを説明するには、リノたちだけじゃなく、レジスタンス仲間もいたほうが良いだろうという理由である。

今回の魔王軍の目的は『ナンバーズ』であって、そのために恐らくレジスタンスたちを利用しようと考えているはず。単純なのは人質に使うことだ。

とにかく魔王軍が何を企んでいるか分からないので、レジスタンスたちには全員待機してもらう。

色々とアラのある作戦ではあるが、何せ一晩しか時間がなかったのだから仕方ない。

みんなを信じてレジスタンスのことは任せ、僕は自分の仕事をするためにヴァクラースが来るという裏門へ急いだ。

◇◇◇

王都の極秘の裏入場門――それは王都内にある森を抜けた、なんの変哲《へんてつ》もない外壁にあった。

魔法で封印《ふういん》されているらしく、見た目にはまったくそれと分からない。外壁に沿《そ》ってひたすら歩いても、この門を見つけることはできないだろう。

各国の王都や重要都市にはこの手の魔導門が複数存在していて、状況によって使い分けられているようだ。

その秘密の裏門付近に到着したあと、僕は『透明化』の魔法を使って姿を消す。そして気配を完全に殺して辺りを窺う。

まだ早朝なので、地平線から昇《のぼ》った太陽はこの外壁――高さ十五メートルの防壁の向こう側にあり、それによって壁の影は大きく伸びてこの辺りを全て包んでいる。

少し離れた場所には、背の高い草や岩、林などがあるので、レジスタンスの人たちはそこに潜んで襲撃する予定だったようだ。

ヴァクラースと白幻騎士《ファントムナイト》はほぼ護衛を付けないということだったから、ここで総勢四百人で取り囲めば勝機はあると思うだろうな。

とりあえず、ヴァクラースが来るという時間まではまだだいぶあるので、近辺を少し調査してみたが、特に何も見つからなかった。周りに魔界の結界などもない。

そのまましばらく待っていると、魔導通信機でみんなから連絡が入った。

推測通り各グループに一体ずつ、計三体の悪魔が潜んでいて、無事その悪魔たちは退治できたようだ。戦闘の際、悪魔が正体を現してくれたらしいので、居合わせたレジスタンスの人への説明もスムーズに行えたとのこと。

レジスタンスの人たちにはそのまま待機してもらって、みんなは僕のいるところの近くに集合するらしい。

かなり危険なので、ここには近寄らずに離れた場所に潜伏してもらうようお願いした。

もし魔王軍が思いもよらない暴走《ぼうそう》をした場合、メジェールたちの力を借りることになるかもしれない。

ひとまず、これでレジスタンスを人質に使われる可能性はなくなったので、だいぶ気が楽になった。あとはヴァクラースが来るのを静かに待つだけ。

ぼちぼちヴァクラース到着の時間が近付いてきたというところで、周囲に邪悪な気配を感じた。

コレは多分『魔王の芽《デモンシード》』の神徒たちだ。その彼らが、少し距離を置いて魔導門を囲むように点在している。

だいだい二十数人といったところか。まあ上位ランクは全て倒したので、ここに来てるのは中ランク以下しかいないようだけどね。

戦闘力としては2～3000程度という感じで、レジスタンスの人がいない今となってはそれほど脅威ではない。神徒たちのこの動きから考えると、やはりレジスタンスの人を人質に取ろうという作戦だった気がする。

だが、おびき寄せたはずの獲物が見当たらないので、神徒たちも戸惑っているようだ。何やら近辺を右往左往《うおうさおう》している。

僕たちのように魔導通信機があるわけじゃないから、悪魔たちと連絡を取ろうと思ってもできないだろうし、想定外の事態にかなり混乱しているに違いない。

事前に合図くらいは決めていたかもしれないけど、まさか潜入していた悪魔たちがすでに全員倒されているなんて思いもよらないだろう。

そんな状況の中、遠方から荒れ地をゆっくり進んでくる馬車が現れ、僕から少し離れた場所に静かに停止する。

そしてその中から、白幻騎士《ファントムナイト》とその護衛一人が姿を現した。御者も合わせると、護衛は二人である。

幻術ではない白幻騎士《ファントムナイト》を初めて見たが、アイツはもちろんニセ者だ。中級程度の悪魔が影武者となっているのだろう。

一応それなりの風格《ふうかく》を見せてはいるが、解析ではそこまで強さは感じない。多分、戦闘力7～8000ってところではないだろうか。

とはいっても、『ナンバーズ』上位に匹敵《ひってき》するくらいの力は充分あるが。

その護衛二人ももちろん悪魔で、解析では昨夜倒したヒムナーと同程度の戦闘力といったところだ。

この三人が見えない進入口《ゲート》へと近付き、ニセ白幻騎士《ファントムナイト》が開門の呪文を唱《とな》える。

すると、外壁の一部に幾筋《いくすじ》もの光が走り、その壁が地面へと吸い込まれた。

分厚《ぶあつ》い外壁にトンネルのような道が開き、そして奥からゆっくりと姿を現したのは……馬に乗ったヴァクラース！　……に似たヤツだ。

気配がまるで違うし、戦闘力も弱い。恐らく、これも中級悪魔が変身しているだけだろう。

ニセ白幻騎士《ファントムナイト》より少しだけ上といった程度の強さだ。

ほか、その後ろには護衛――下級悪魔二人の姿も見える。

壁のトンネルを通り抜けたところでニセヴァクラースは馬から降り、ニセ白幻騎士《ファントムナイト》がそれを迎えた。

ニセヴァクラース、ニセ白幻騎士《ファントムナイト》とその護衛四人を合わせ、ここにいる悪魔は計六体。

確かにこれは絶好《ぜっこう》の襲撃チャンスだ。


そう、このチャンスを絶対に逃さない人たちが、ついに動いた！


現在はまだ日が出たばかりで、低空からの光に外壁の影は大きく伸び、ニセヴァクラースやニセ白幻騎士《ファントムナイト》たちは全員その影に覆われている状態だ。

その闇の中から、突然数十の赤い閃光《せんこう》が悪魔たちへと襲いかかった。

「ぬうっ、これは……⁉」

悪魔たちはとっさにそれを避け、地面や外壁などに当たった閃光が爆音《ばくおん》と共に燃え上がる。

コレは爆炎《ばくえん》の魔法を付与《ふよ》した矢だ。それが何もない四方からいきなり現れ、いっせいに悪魔たちを狙撃している……『魔弓士』エンギさんの攻撃か！

しかし、周りには誰もいないはずなのに、どういう仕掛けの技なんだ⁉

解析してみると、これはエンギさんと、『闇魔』の称号を持つネルネウスさんの合わせ技だった。

ネルネウスさんの影術は、影で続いている空間同士を繋げることができるらしく、ほかの場所で射《い》った矢が影を通じてニセヴァクラースたちに届いているらしい。

影に向けて矢を放つと、その影の中を通って、別の場所の影から矢が現れるということだ。

距離が遠すぎたり、影が途切《とぎ》れたりしている状態だとこの技は使えないようだが、制限はあるにせよこれは凄い攻撃だ。外壁の影にすっぽり覆われている悪魔たちは、あちこちから飛んでくる矢の集中砲火を浴《あ》びている。

しかし、ニセのヴァクラースとはいえ、その力は『ナンバーズ』上位にも引けを取らないので、この謎の狙撃を全て剣で叩き落とす。ニセ白幻騎士《ファントムナイト》も同じだ。

ただし、護衛の悪魔たちは手や足に矢を喰らっていて、結構なダメージを受けている気がする。

「影だ、この矢は影を利用して放っている！　影の外に出るぞっ！」

ニセヴァクラースが術の仕組みに気付き、指示に合わせて悪魔たちは慌てて外壁から離れ、影の外へと飛び出す。

「おっと気付かれちまったかっ！　なら直接狙撃だ！」

「悪魔よ、その命もらい受ける！」

声と共に外壁の上から飛び降りたのは、エンギさんと『破壊者』ナダルさんだ！

エンギさんは落下しながら、逃げる悪魔を足止めするために弓矢で狙撃する。

『ナンバーズ』たちは外壁の上にいたのか……

実は気になってはいたけど、十五メートルの外壁に上るのは少々抵抗があった。迂闊に行動をすると、僕たちの計画が台無しになってしまうかもしれない。こちらの動きを読まれないためにも、やはりじっと地上に待機しているしかなかったと思う。

「逃がさない！」

この声は……ネルネウスさん！

さっきまでなかった気配が、急接近してくるのが分かった。

ネルネウスさんは影の中を高速移動できるらしい。そして悪魔たちに近付くと、外壁の影の中でその姿を実体化させた。

恐らく、影のままの状態では、使える術にも限りがあるのだろう。

「搦《から》めっ、『影法師』っ！」

ネルネウスさんが術を使うと、六体の影が実体化して、外壁の影から脱出した悪魔たちを猛スピードで追った。

コレはネルネウスさんの分身だ。左右に変則的に蛇行《だこう》しながらあっという間に追いつき、護衛の悪魔四体に絡《から》みつく。

「雑魚悪魔は早々に退場するがよい、『滅びの火走り《クローリングバースト》』っ！」

ナダルさんが黒い戦鎚《ハンマー》で地を叩くと、衝撃波が地を這うように放たれ、四体の悪魔に向かって土煙《つちけむり》を上げて襲いかかる。

これは称号の能力――破壊の波動だ。それが影で縛られて動けない下級悪魔へと到達し、当たると同時に悪魔たちは粉々《こなごな》に砕け散った。

「残るはお前たち二人だ。ここはすでにネネの影網《かげあみ》で包囲してある。逃げられねーぞ」

下級悪魔を簡単に一掃したあと、エンギさんがニセヴァクラースとニセ白幻騎士《ファントムナイト》に啖呵《たんか》を切る。

「逃げるだと？　笑わせるな。ここがお前たちの墓場になる」

それを受けて、ニセヴァクラースも言葉を返す。

ナンバーズ三人 vs 中級悪魔二体。

優勢《ゆうせい》なのは『ナンバーズ』だけど、これはまだ敵が罠を発動していないからだ。

ここにレジスタンスは来ていないが、罠がなんなのか分かるまでは、僕も迂闊には動けない。

戦っている『ナンバーズ』たちには申し訳ないが、ギリギリまで見極《みきわ》めたいところだ。

3．戦慄《せんりつ》の異能力

『ナンバーズ』の三人――ネルネウス、ナダル、エンギの三人は、ヴァクラースが秘密裏にカイダ王都へと訪れることを嗅ぎつけ、この絶好の機会に際し襲撃を計画した。

もちろん、罠である可能性も考慮《こうりょ》してはいたが、そんなことで怯む彼らではない。

もし罠であるなら、それを逆に利用するくらいの気概《きがい》で事に臨《のぞ》んでいる。

調査によると、極秘の魔導門を使用することは間違いないようだし、その情報はエーアスト軍とレジスタンスの動きを見るにかなり信憑性《しんぴょうせい》が高そうだ。

やってくるのが早朝ということで、太陽に対する魔導門の位置的に、ネルネウスの影術を最大限に活《い》かせる状況である。

たとえ罠だろうと、もはや彼らに迷いはなかった。

彼らとて、いつまでも無駄に時間は過ごせない。この千載一遇のチャンスを必ずモノにすると誓《ちか》う。

そして当日、全て予定通りに事は運び、順調に護衛の悪魔四体を倒した。

一応、『ナンバーズ』たちはエーアストの神徒たちが何か仕掛けてくることを警戒していたが、周囲に特に変化がなかったので少し拍子抜けする。

ただ、仮に相手がレジスタンスを人質としても、『ナンバーズ』たちは躊躇《ちゅうちょ》しなかっただろう。たとえ何人犠牲が出ようとも、この場でヴァクラースたちを討つことのほうが重要だからだ。

むしろ、その程度の罠で迎え撃とうなどと考えているなら、悪魔も大した存在ではないなと安く見積《みつ》もるところだ。

そのレジスタンスたちがここに来ていないことにより、魔王軍もかなり混乱していた。

計画では、エーアストの神徒たちとレジスタンスのリーダーに化けた悪魔で瞬時に周りを制圧して、『ナンバーズ』に人質を突きつけるつもりだった。

しかし、レジスタンスもそのリーダーの悪魔も現れないので、神徒たちはどう動いていいか分からなくなってしまった。

もし人質の効果がないようなら魔王軍としては次の作戦に移行するわけだが、その罠は周りも巻き込んでしまう可能性があるため、エーアストの神徒たちも迂闊にこの戦闘に近付けないのだ。

指示を出す悪魔もいないので、仕方なくこの状況をひたすら見守っている。

『ナンバーズ』たちも、この場になんらかの意図が隠されていることを感じてはいるが、とにかく今は目の前の本命悪魔――敵の大将である白幻騎士《ファントムナイト》とヴァクラースを倒すことに注力した。

偽者《にせもの》だということには気付かずに……

「逃がさねえぞっ、『突き抜く氷獄《トゥーム・スキュワース》』っ！」

「くっ、なんのっ！」

『魔弓士』のエンギが、ひとまず距離を取ろうとするニセ白幻騎士《ファントムナイト》を、魔法を付与した『魔法矢』で狙撃する。

ニセ白幻騎士《ファントムナイト》の足元の地面に矢が刺さると、その場所から槍《やり》のように鋭い氷柱が突き上がる。

それを紙一重で避けるニセ白幻騎士《ファントムナイト》。

当たれば串刺し《くしざ》になる攻撃だが、しかしエンギの狙いはそれではなく足止めのようだ。

ニセ白幻騎士《ファントムナイト》の移動を一瞬封じたところに、次は『閻魔』ネルネウスが技を重ねる。

「落ちろっ『影奈落《アビス》』っ！」

「ぬうっ、こ、これは……!?」

ニセ白幻騎士《ファントムナイト》の足元の影がさらに深みを増した黒になると、異界の穴が開いたかのようにその足を呑み込んだ。

ニセ白幻騎士《ファントムナイト》は慌てて飛び退《の》こうとするがすでに遅し。

「塵とせよ、『分子破壊打撃《デモリションハンマー》』っ！」

動きを封じた刹那《せつな》、ナダルの必殺攻撃がニセ白幻騎士《ファントムナイト》へと命中する。

ナダルの称号『破壊者』の能力は、触れたモノ全てを破壊する能力だ。その黒い戦鎚《ハンマー》を受けた瞬間、ニセ白幻騎士《ファントムナイト》は塵となって消えた。

残りはニセヴァクラースただ一人。

「ここまでやるとは……」

『ナンバーズ』の想像以上の強さに怯んだニセヴァクラースが、ニセ白幻騎士《ファントムナイト》たちが乗ってきた馬車のほうへと駆けだす。

悪魔だって無駄死にはしたくない。ニセヴァクラースの本来の役目は囮だが、勝てるものなら影武者二人でそのまま『ナンバーズ』を始末するつもりだった。

だが『ナンバーズ』たちは、悪魔のその目論見《もくろみ》を粉砕した。

ニセヴァクラースは完全に形勢不利と判断し、当初の予定通り囮の使命を果たそうとする。

「逃がさない！　搦めっ、影法師っ！」

ネルネウスはすぐに術を発動し、それによって生まれた影分身六体が猛スピードでニセヴァクラースを追う。

これは遠距離から敵を捕縛《ほばく》する術で、変則的な動きで相手を撹乱しながら、一気に対象に迫《せま》ってそのまま絡みつく技だ。

……が、ニセヴァクラースは難《なん》なく六体の影を破壊する。

一対一で戦えば、ネルネウス相手でもそうは引けを取らない実力者だ。この程度の術が簡単に通じる相手ではない。

「喰らえっ、『突き抜く氷獄《トゥーム・スキュワース》』っ！」

エンギが足止めの技をニセヴァクラースの行く手に放つ。

目の前に現れた鋭い氷柱に、一瞬ニセヴァクラースの動きが止まる。

「落ちろっ『影奈落《アビス》』っ！」

そこに先ほどと同じようにネルネウスの影術が重ねられ、ニセヴァクラースの足を呑み込もうとする。

しかし、一度技を見ているニセヴァクラースは、捕まる一瞬前に飛び退いた。

そこにナダルの破壊攻撃が襲いかかる。

「砕けっ、『滅びの火走り《クローリングバースト》』っ！」

「ぐうっ……！」

土煙を上げて四筋の衝撃波がニセヴァクラースへと走り、そのうちの一つが左腕に命中して腕を粉々に破壊した。

片腕を失いながら、なおも必死にニセヴァクラースは逃げる。それを追う『ナンバーズ』たち。

蒼妖騎士《ケイオスナイト》、ニセ白幻騎士《ファントムナイト》と連続で葬ってきただけに、もはや『ナンバーズ』たちはこの優勢を微塵《みじん》も罠とは疑っていない。

「エンギ、『影飛び』をする。矢を放て！」

「承知っ！」

エンギが後ろを振り返り、太陽の位置を確認したのち、逃げるニセヴァクラースから少しずれた方向へと矢を放つ。

矢が目標を逸れて飛んでいったあと、ニセヴァクラースの足元から黒い影が立ち上った。

いつの間にかネルネウスが、ニセヴァクラースの影へと移動していたのだ。

そう、『影飛び』とは、影に潜んで移動する技だ。

この場合、ネルネウスはエンギの放つ矢の影に潜み、そのままニセヴァクラースの影へ接触して乗り移った。

ずれた方向に矢を射ったのは、その矢の影がニセヴァクラースの影に触れるように調整したからだ。

そして影から這い上がったネルネウスは、そのニセヴァクラースの全身を『死影術』で雁字搦《がんじがら》めにする。

「黒めよっ、『影牢墓柱《かげろうぼちゅう》』っ！」

何重にも影に巻きつかれ、馬車の手前数メートルでニセヴァクラースはとうとう動きを止めた。

「もらったぞヴァクラース！　『分子破壊打撃《デモリションハンマー》』～っ！」

「ぐぬうっ、バラム様、あとをお願いします～っ」

謎の名前を叫んで消滅するニセヴァクラース。

その瞬間、不思議な感覚が辺りを埋《う》め尽くし、気付くと直径四十メートルほどの黒い半球が『ナンバーズ』たちを覆っていた。

そしてあり得ないことに、いつの間にか馬車が破壊されていて、真っ白な鎧を着た騎士――本物の白幻騎士《ファントムナイト》が目の前に現れていた。

『ナンバーズ』たちは知らなかった……今ほんのひととき、時間が止められていたことを。

そう、これは白幻騎士《ファントムナイト》――一万年を超える時を生きてきた大悪魔バラムの能力だった。

◇◇◇

「どういうことだ、何故先ほど消滅したはずの白騎士が立っている!?　……まさか、我が輩が倒した白騎士とヴァクラースはニセ者だったということか!?」

「それに、目の前にいきなり出現したぞ!?　何かの転移術か？」

エンギたちが驚くのも無理はない。周りが黒い半球状の膜《まく》に覆われたかと思うと、突然目の前に白幻騎士《ファントムナイト》が出現していたのだから。

そして、すぐそばにあった馬車が粉々に破壊されている。

何かの技で破壊したにせよ、まったく音が聞こえなかったのもおかしい。

よく見ると、馬車の破片《はへん》が少しまだ宙に浮いていた。たった今破壊され、その名残《なごり》がゆっくりと落ちているような状態だ。

何故馬車が音もなく壊れた？　何故白騎士がいきなり出現している？

……これはただの転移術などではない！　二百三十年生きてきたエンギは、今の現象に異質な力が関わっていることを直感で悟った。

「捕らえたのは三匹か……ユーリというヤツも待っていたのだが、結局ここへは来てなかったようだな。だが影使いを捕らえられたのは収穫だ。面倒な術だけに、ここで始末できるのはもっけの幸い。もはやお前たちは逃げられぬ」

「このネネを始末できると思っているのか。この黒い空間……我が『死影術』にはもってこいだ」

「お前が本物の白騎士らしいが、三対一でも容赦なんかしねえぞ。それに人質がいたとしてもオレたちには通用しねえ」

「おぬしの仲間蒼妖騎士《ケイオスナイト》は、我が輩が塵と変えた。おぬしもそうしてやろう」

謎の状況に、ネルネウス、エンギ、ナダルは不穏《ふおん》な気配を感じつつも、まだ自分たちが有利だと確信している。

『ナンバーズ』たちを覆っている直径四十メートルほどの黒い半球――この内側は『魔空領域』という、白幻騎士《ファントムナイト》が最大の力を発揮できる小世界だ。

黒い膜は魔界に存在する『次元壁』の一部であり、それを地上に召喚《しょうかん》して、その中を自《みずか》らの魔力で埋め尽くしたのである。

これは白幻騎士《ファントムナイト》――大悪魔バラムをしても、そう何度も使える技ではない。よって、発動するタイミングを慎重に窺っていた。

バラムはどうやら『ユーリ』という男は来てないと判断し、確実に『ナンバーズ』を捕らえられるタイミングで、ようやく術を使用したのである。影武者たちの真の役目は、この『魔空領域』の間合いに『ナンバーズ』を誘い込むことだったのだ。

そして『ナンバーズ』たちが感じた不可思議《ふかしぎ》な現象――知らぬ間に馬車が壊れ、いきなり白幻騎士《ファントムナイト》が出現した理由。

それは、この『魔空領域』内で、バラムは時間を一秒ほど止めることができるからだった。

時間に干渉《かんしょう》するエネルギーは、並大抵の量ではとても足りない。古代の大悪魔バラムといえども、通常空間で時間を止めるのは不可能だ。

だが、限定的な空間・領域のみなら、そのエネルギーも少なくて済む。

シャルフ王の『奥義・雷光天破《らいこうてんは》』も、限定されたエリアだからこそ、『時間減速《スロー》』の効果を召喚できる。

このバラムも同じで、閉鎖《へいさ》空間の『魔空領域』でのみ、一秒ほどの時間停止が可能だった。

黒い半球体――『次元壁』で外界と断絶しているからこそできる芸当だ。

一秒とはいえ、戦闘中におけるそれは致命《ちめい》となる時間で、まさに一万年生きてきた大悪魔ゆえの超絶能力と言えるだろう。

『ナンバーズ』を『魔空領域』で捕らえたあと、バラムは一秒ほど時間を止め、その間に馬車を破壊して中から飛び出し、自分の間合いまで移動した。

もう一秒止めることができれば、『破壊者』ナダルを始末することができたかもしれないが、この時間停止は連続して使えない。

まずは必殺の間合いに近付く、それだけでいい。

この大悪魔バラムには、もう一つとてつもない能力があるからだ。

倒したはずの白幻騎士《ファントムナイト》が再び現れたことに驚いた『ナンバーズ』たちだったが、有利な状況であることには変わりない。

どんな強敵も、三人のコンビネーションで葬ってきた。この間合いで戦って負ける道理はない。

「んじゃあもう一度悪魔退治といくか！　『突き抜く氷獄《トゥーム・スキュワース》』っ！」

エンギが大悪魔バラムを死地へと誘導するかのように、その足元へ向けて矢を放つ。

しかしバラムは、その矢を見ようともせず——正確には、エンギが矢を射るほんの一瞬前から、すでに動き始めていた。

まるで矢が狙っている場所を事前に知っているかのように、のらりくらりと躱していく。

エンギが相手の動きを察知し、狙撃の刹那に狙いを変えたとしても、悪魔バラムは悠々《ゆうゆう》と矢を避け続ける。

「落ちろっ『影奈落《アビス》』っ！」

ネルネウスがバラムの動きを封じる術を放つ。

しかし、これも術が発動する前に、すでにバラムはその場から飛び退いていた。

「こ、これはいったいどうなってんだ⁉」

「エンギ、我が輩に任せろっ、『滅却破壊砲《クローリングディザスター》』っ！」

ナダルが手に持つ戦鎚《ハンマー》で強烈に地を叩くと、そこから前方に向けて、幅十メートルにもなる破壊の衝撃波が放たれた。

これは『滅びの火走り《クローリングバースト》』と違って追尾《ホーミング》せず、一直線に進むだけだが、巨大な波動で広範囲を攻撃できるため、この間合いで撃てばそうは避けられない。

その必殺のタイミングで放ったはずだが、この技を何故か予測していたかのように、バラムはすでに対策を講《こう》じていた。

「出《い》でよ、『悪魔喰い《デーモンイーター》』」

レジスタンスにいた悪魔ヒムナーが召喚した魔界生物を、バラムも同じように喚び出す。

目の前に現れた『悪魔喰い《デーモンイーター》』は、ナダルの破壊砲を受けてすぐに消滅した。

しかし、その後ろにいたバラムは無傷だ。

「ククク、お前の技は接触したモノを全て破壊するようだが、貫通力がない。つまり、何かを先に接触させてしまえば、その破壊能力は消失してしまうということだ」

ナダルの称号――『破壊者』の能力が、全て悪魔バラムにはバレていた。

確かに当たったモノをなんでも粉砕するが、その効果には持続力がない。一度何かに接触すると、その後は破壊の効果が消えるという性質があった。

つまり、『悪魔喰い《デーモンイーター》』を塵にしたあとは、『滅却破壊砲《クローリングディザスター》』の破壊効果はなくなっていたということだ。

この弱点を何故かバラムは知っていた。

「コイツ……力押しはやめだ。一度この黒い半球体から出るぞ！」

エンギの提案に、ほかの二人も同意する。

白騎士を倒す絶好のチャンスと思えただけに、有無を言わさずその場で仕掛けたが、この結界のような半球体の中ではそう上手くはいかないようだ。

白騎士が起こす不可思議な現象――異様な違和感から逃れるため、一度距離を取って仕切り直しをするべきと考える。

エンギが矢で白騎士――悪魔バラムを牽制《けんせい》しつつ、『ナンバーズ』たちは半球体の縁《ふち》へと近付き、外に出ようとする。

「なんだこりゃあ……出られねえっ！　完全に壁になってる！　物理的な結界なのか!?」

「ぬうっ、我が輩の『破壊者』の能力でも壊せぬ！　これは物理的とかそういうモノでは

らなかった。

『ナンバーズ』の三人は黒い壁に張りつき分析しようとしたが、この半球体の正体は分か

「ネネの死影術でも何も手応《てごた》えがない！　この黒い膜はいったいなんだ!?」

なさそうだぞ!?」

「無駄だ。この『魔空領域』には何者も出入り不可能だ。外とは次元的に断絶しているからな」

戸惑う『ナンバーズ』たちに、バラムがゆっくりと近付いていく。

バラムの言う通り、この黒い半球の中は完全に隔離《かくり》された空間だ。待機していた神徒たちが迂闊に動けなかったのは、この『魔空領域』に巻き込まれないためだった。

外に出られないということがウソではないと理解し、『ナンバーズ』たちはバラムのほうへ向き直る。

色々不可解《ふかかい》なことは起きているが、まだ負けたわけじゃない。

もう一度攻撃を仕掛けようと構えたとき、白い騎士の身体に変化が起こった。

「お前たちはオレの本来の姿で始末してやる」

そう言うと、バラムの筋肉がみるみると膨れあがり、骨格も人のそれよりも横に大きく広がり、体長は四メートルにも到達した。

赤銅色に光る身体には黒い血管のような線が幾筋も走り、指先からは硬質《こうしつ》な黒い爪が数十センチも伸びている。

猛禽類《もうきんるい》に少し似た頭部には、赤黒い血の色をした角が二本付いており、背には山吹色の翼が広がっていた。

バラムの真の姿――それは『白騎士』とはまるでイメージの違う、燃えるような印象の悪魔だった。

「な、な、なんだありゃあ～っ!?　か、怪物……！」

『ナンバーズ』たちが戦っている黒い半球体――そこから少し離れた場所で、驚愕の声が上がった。

白幻騎士《ファントムナイト》の真の姿を見て、思わず叫んでしまったケットだった。

レジスタンスに潜んでいた悪魔を倒したメジェールやリノ、アニスたちは、つい今しがたここに来たのだが、そこでちょうど白幻騎士《ファントムナイト》が変身したところを見てしまった。

もちろん白幻騎士《ファントムナイト》が悪魔だということは知ってたが、その凶悪な姿から感じる以上の迫力……いや戦闘力に、ケットは驚きのあまりうっかり声を出してしまったのだ。

「ウソだろ!?　オイラの『測定者《カウンター》』で見たアイツの戦闘力は、127万だぞ!?」

「127万!?　ほ……本当かケット!?」

数値を聞いて、ヨシュアも驚愕する。

「ああ、間違いない！『勇者』の戦闘力が21万だから、アイツのほうが圧倒的に上だ。

とても勝てる相手じゃない！　それに、アイツよりもさらに上の悪魔もいるんだろ!?　もう人類は終わりだーっ！」

「誰だ!?　知らない間に侵入者がいるぞ、始末しろ！」

ケットの声でメジェールたち一行に気付いたエーアストの神徒が、いっせいに集まって攻撃を仕掛けた。が、それをあっさりと返り討ちにするメジェールたち。

「お、お前はメジェール!?　それにリノ、王女様まで!?　なんでここに……うぐっ」

「ごめんねー、再会の挨拶はまた改めてするわね」

神徒たちの襲撃を軽く鎮圧して、メジェールたちはまた悪魔バラムの動向に注目する。

今来たばかりであるが、あの黒い半球体の中は何かがおかしいと気付く。

メジェール自身、バラムの強さを掴みきれないでいた。

というより、『勇者』の力を持つ自分ですら、まるで勝てる気がしない。最古の大悪魔と聞いてはいたが、確かにアレは本物の強敵だ。

ヒロは……ユーリは勝てるのだろうか？

近付くなと指示されているため、それを忠実《ちゅうじつ》に守るメジェールたち。

自分たちが行っても邪魔になるだけだ。ユーリを信じるしかない。

その黒い半球体の中で、また改めて『ナンバーズ』たちの戦闘が再開される。

「姿を現したなこの悪魔め！　こうなりゃ玉砕《ぎょくさい》覚悟でお前を滅ぼしてやる！」

「我らを閉じ込めたこの黒い膜がお前の禍《わざわい》となる。これほど暗ければ、我が『死影術』の能力を十全に出せるぞ！」

「我が輩の破壊能力をナメるでない。一度でも触れれば、おぬしは塵となるのだからな！」

「ククク、好きに攻撃してくるがいい。一人ずつ地獄へと送ってやろう」

今までにも増して、『ナンバーズ』は激しい攻撃をバラムへと撃ち込んでいく。

しかし、大した動きもせずに、バラムは悠々とその攻撃を躱しまくる。

先ほどまでと同じ展開だ。この謎がどうしても『ナンバーズ』たちには解けずにいる。

「お前たち程度に蒼妖騎士《ケイオスナイト》が負けるとは信じられぬな。それでも英雄と呼ばれる戦士なのか？　前の大戦で戦った者たちのほうがよほど手強かったぞ」

バラムが比べているのは、遙か昔の神徒たちのことだ。

今回は魔王軍が異常に早く動きだしたので、成長途上《とじょう》の神徒たちは『魔王の芽《デモンシード》』で取り込まれてしまったが、本来神徒が完全に成長すれば『ナンバーズ』よりも強くなる。

以前の大戦で人類が手強かったのも当然だ。

それと、今回は過去最高に悪魔の力が強まっているので、『ナンバーズ』を凡庸《ぼんよう》に感じても仕方ないかもしれない。

「くそっ、ロクに動きもしないヤツに、何故攻撃が当たらない⁉」

まるで未来を見通しているかのように、バラムは攻撃を躱し続ける。

そう、時間を止める悪魔バラムのもう一つの能力――それは、最大十秒先までの未来が分かることだった。

しかも、ただ先が見えるだけではない。自分にとって最善の未来を勝手に選択できる力も備《そな》わっていた。

つまり、十秒先の未来が分かる上、いちいち迷うことなく最適解《さいてきかい》の行動が取れる。

これは『魔空領域』内に限らず、いつでも発動している。

この能力のおかげで、生を受けて以来一万年、バラムはどんなピンチになっても生き延《の》びてこられたのだった。

危険を事前に察知し、強き相手には媚《こ》び、時には他者を犠牲にし、時には転移アイテムを駆使して逃げ、時には一瞬の隙を突いて相手を倒す。

地に額をこすり付け、土下座して見逃してもらったこともある。

歴代《れきだい》の『勇者』とも何度か戦ったことはあるが、全て慎重に慎重を重ねた作戦を立て、未来視によって絶体絶命の死線すら越えてきた。

そして長い年月で力を付け、狡猾《こうかつ》で聡明《そうめい》で残忍《ざんにん》なバラムは大悪魔と呼ばれる存在にまでなった。

現在魔王軍における基本的な戦略も、全てこのバラムが考えているほどだ。

以前はここまで凄い能力ではなかったが、時を重ねるごとに力は上がり、今回はかつてないほど魔王復活の影響が強いこともあって、現在バラムは無敵と思えるほどの状態になっている。

これまで幾度となく苦汁《くじゅう》を飲まされてきた『勇者』であろうとも、今なら負ける気はしなかった。

時間を一秒止める能力と、最善の未来を選択できる『未来視』、この二つが無敵の大悪魔バラムを作り上げたのだった。


「エンギ、『影飛び』だ！」

ネルネウスがエンギの放つ矢の影に入り、悪魔バラムへと瞬時に接近する。

そして予想通りその矢を避けたバラムの後方で、ネルネウスは矢の影から脱けて実体化した。

始めからコレが狙いだった。バラムの背後を取り、影術を放つ。

「捕らえよっ、『影鎖縛掌《えいさばくしょう》』っ！」

ネルネウスの足元から影が伸び、手の指のように広がったかと思うと、黒い触手《しょくしゅ》となってバラムに絡みついた。

一瞬動きの止まったバラムへ、ナダルの戦鎚《ハンマー》が襲いかかる。

「塵とせよっ、『分子破壊打撃《デモリションハンマー》』～っ！」

しかしこれは、悪魔バラムの罠だった。

わざとピンチを演出し、目の前にナダルを呼び込むのが目的だ。

そして時間を停止させ、無防備なナダルの身体を黒爪で引き裂く。

「ぐふうっ……！」

「ナ、ナダルっ⁉」

腹部を半分、内臓ごと黒爪に持っていかれたナダルが、激しく宙を飛ばされ地面を転がっていく。

ナダルの一撃は今のタイミングならまさに必殺の攻撃だったはずだが、いつの間にかバラムは影術から逃れていて、そしてナダルの腹部が斬り裂かれていた。

ここでようやく『ナンバーズ』たちは気付く。

自分たちの行動は全て読まれているのでは？　未来を知られているのでは？

そして……時間がほんの一瞬飛ばされている⁉

時間への干渉は、人間ではおよそ不可能と言われている領域だ。ほんの一握《ひとにぎ》りの超越者《ちょうえつしゃ》のみ、その現象の一部を行使できる。

この悪魔は、その奇跡の力を手にしているのか……エンギは初めて絶望《ぜつぼう》を感じた。

ナダルは完全に気を失ってしまったようで、自力での回復は無理だった。

即死でもおかしくないほどの重傷ではあるが、龍人であるナダルは生命力が非常に強い。

まだ死に至るまでには時間がある。

回復を行うため、エンギは急いでナダルのもとに駆け寄ろうとした。

「お前もそろそろ退場しろ」

悪魔バラムは、ナダルが落とした黒い戦鎚《ハンマー》を拾いあげ、時間を止めてエンギへと投げつける。

短期間での連続使用となったが、絶好の機会とばかり、無理して時間を止めたのだった。

「ごあっ！」

時間停止が解除された瞬間、エンギは戦鎚《ハンマー》を横腹に受け、黒い壁際《かべぎわ》まで吹き飛ばされた。

そしてそのまま気を失う。

残るはネルネウスただ一人。冷たい汗がネルネウスのほほを伝って下へと落ちる。

自分が負ければ終わりだ。『ナンバーズ』だけでなく、この世界も……

ネルネウスは思考をフル回転させ、何が最善なのかを探る。

しかし、結論は何も出ない。いや結論は簡単だ、自分では勝てない。

……違う、時間を止めるような悪魔には、未来を知り尽くしているような怪物には、人・間・で・は・勝・て・な・い・、だ。

人類は負けてしまうのか、この悪魔たちに……!?

そのとき、黒い半球体の外に、ある人物の姿を見つける――あのヒロ・ゼインだ。

黒い膜の外側で、何か叫んでいるようだった。その声は、この半球体の中には届かない。バラムは、この中は次元的に断絶していると言っていた。声が届かないのはそのせいなのか？

実は戦闘中、『ナンバーズ』たちのピンチを見て、ヒロは半球体に対して攻撃を放っていた。

しかし、それは黒い膜で全て遮断された。

『虚無への回帰《ヴァニタス・エフェクト》』もかけてみたが、それすらこの半球体は受け付けなかった。

謎の黒い膜――ヒロはそれを全力で解析する。

「もう一匹いたのか！　今まで隠れていたとは用心深いヤツ……いや、ただの腰抜けか？　だが、結局ノコノコと現れるとは、愚《おろ》かなヤツには違いない」

ヒロを『魔空領域』で捕らえ損《そこ》なったことを、バラムは少し苦々《にがにが》しく思う。この罠で漏らさず仕留めようと思っていたからだ。

そもそも何故この男は今ごろになってここに来たのか？

そういえば、周りの様子がおかしい。この男は何故自由に動けている？

いったい手下の悪魔や神徒たちは何をしているのだ？

『ナンバーズ』との戦いに集中していたバラムは、このときになって周囲の様子がおかしいことに気付いた。

隔絶《かくぜつ》された空間にいるバラムは知らなかったが、手下の神徒たちはすでに全員メジェールたちによって倒されていた。

全て想定通りに事が進んでいると思っていたバラムは、狙い通り『ナンバーズ』を捕らえたことに満足して、その他のことは少し失念していたのである。

バラムの能力――十秒先の未来を知り、その最善の行動が取れる『未来視』とて、全てのことが見通せるわけではない。

あくまでも自分の未来において、最適な選択ができるだけだ。

ヒロを『魔空領域』で捕らえるのは失敗したが、一万年を狡猾に生きてきた悪魔だけに、一応別の切り札《ふだ》も用意してある。

とりあえずヒロのことは後回しにし、目の前にいる『ナンバーズ』たちの処刑にバラムは意識を戻す。


対するヒロであるが、実は外から見ている限りでは、中でどんな戦いをしているのか状況がよく分からずにいた。

もちろん戦いの様子は見えてはいたが、『ナンバーズ』ほどの実力者の技が、不自然に空回《からまわ》りしているように思えた。

それに、馬車を破壊して白幻騎士《ファントムナイト》――悪魔バラムが飛び出してきたとき、何故か『ナンバーズ』たちは棒立《ぼうだ》ちになっていた。そして一呼吸おいてから、異常に驚いているようだった。

そのあとも、ナダルやエンギが突然動きを止めて悪魔の一撃を喰らっている。

彼らに何かが起こっている——この黒い半球体には重要な秘密がある。

ほかに罠がないか慎重に窺いつつ、これこそが魔王軍の本命の策だと確信したヒロは『ナンバーズ』の救出に向かった。

『ナンバーズ』たちの窮地《きゅうち》を見て、黒い半球に攻撃したり、『虚無への回帰《ヴァニタス・エフェクト》』で解除を試みたりもしたが、しかし全て無駄に終わる。

間近《まぢか》で改めて黒い半球体を解析してみると、これは結界の類《たぐ》いではなく、どこかに存在している——恐らく魔界にある『次元壁』の一部を召喚しているようだった。

召喚に対するキャンセルは、『虚無への回帰《ヴァニタス・エフェクト》』の対象範囲ではない。だから効かなかった。

ヒロは『次元斬』で強引に斬り開くことも考えたが、この『次元壁』は薄い膜に見えても、無限の厚《あつ》みを有しているようだった。

ただの殻を斬るのとはわけが違う。万が一の場合、中にいる『ナンバーズ』がどうなるか分からないため、無闇《むやみ》に『次元斬』を試すのは危険と判断した。

『次元斬』は、どうしようもない状況になったときの最終手段だ。

ヒロは何かいい手はないかと、さらに解析を続ける。

「残るは影使いの女、お前一人だ。外のヤツが逃げぬうちに、お前を葬るとしよう」

「ナメるな！　勝てずとも、お前を冥府《めいふ》の道連れにしてやる！」

ネルネウスは自分の最大の技を使う決心をする。

これは命を削《けず》る術だけに、重大な危機以外で使用したことはない。が、使えば不敗の秘奥義だ。

この術で、この大悪魔と刺し違えることができれば本望……ネルネウスは命を捨てた。

「身命奉奠《しんめいほうてん》！　黄泉より来たれ、『閻魔王』顕現《けんげん》っ！」

ネルネウスが称号『閻魔』の真の能力を解放すると、その身体が黒い霧《きり》のように変化し、周りの暗き成分を全て自分のもとへと集めていく。

それが凝縮《ぎょうしゅく》されると、巨大な人影――体長四メートルの黒い巨人が出現した。

これは自身を影化し、支配領域内の影を可能な限りその身に吸収して戦う術だった。

影でできているため、物理攻撃は一切無効となり、魔法などのダメージも大幅に軽減《けいげん》される。

その代わり、影を実体化して維持するのに、自身の生命エネルギーを大きく消耗《しょうもう》する。

ごく短時間で死に至ってしまうほどに。

まさに命を削る技――死を賭《と》した秘奥義なのだ。

「白騎士……いや悪魔よ、死ぬ覚悟はあるか？」

「グフフ死ぬ覚悟など、生まれ出でてより一万年、一度もしたことはない。オレはこれからも生き続ける。世界が終わるまでな」

「ならば、お前の世界とやらはここで終わりだ！」

ネルネウスは、命の残量を全て注ぎ込むつもりで攻撃を仕掛ける。

長時間の戦闘は明らかに不利だ。初撃で決める決意で技を繰り出す。

「『影斬り・絶対分断破』っ！」

黒い『閻魔王』の右手が大きく伸び、影の刃となってバラムを襲う。

ネルネウスの全てを込めた渾身《こんしん》の一撃だけに、躱すことは不可能なほどの速さ、鋭さだが……未来が分かるバラムは、悠々とその刃を避ける。

しかし、ネルネウスの狙いはバラム本体ではなかった。その影――黒い膜に覆われたこの薄暗い空間でも、うっすらと地に落ちているバラムの影だった。

そう、この技は実体を斬る刃ではなく、相手の影を斬る刃なのだ。

そしてその影が斬られると、相手本体の同じ場所もダメージを受ける。まさに予測不能の一太刀《ひとたち》。

与えるダメージは込めたエネルギーによって変化するゆえに、ネルネウスは惜《お》しみなく全生命エネルギーを注ぎ込む。

攻撃を躱したと思い込んでいるバラムの影に、この究極の一撃が襲いかかった。

この悪魔は時間を止めることができ、そして未来も分かるようだが、この技の狙いまでは分かるまい。

初撃を避けたあとこそが真の牙。

殺《と》った！　……とネルネウスは確信する。

だがネルネウスは知らなかった。

この悪魔バラムが、未来を見るだけではなく、常に最善の行動が取れることを。

「『照光《ライト》』」

バラムは自分の斜《なな》め前方に向けて『照光《ライト》』の魔法を放つ。

すると、その光によってバラムの影がずれ、ネルネウスの必殺の一撃が何もない地を通り抜けた。

「そ、そんな……っ!?」

自分の究極の技が、こんな簡単な方法で躱されるとは……

この一撃に生命エネルギーを使い果たしたネルネウスは、影巨人の姿を維持できなくなって元の人間に戻る。

たとえ技が当たっても殺せるかどうかは五分五分の賭《か》けだったが、そもそもカスることさえできなかった。

地面へと倒れ込んだネルネウスは、全身の体温が急速に冷えるような感覚に襲われ、自分の命の火が消えようとしていることを悟った。

「終わりのようだな。その様子じゃオレが手を下すまでもないようだが、トドメはキッチリ刺してやろう」

バラムがゆっくりと近付いてくる。

遠のくネルネウスの意識の中で、何故か力強く声が響き渡った。

「悪魔よ、僕が相手になろう」

ネルネウスの背後から近付く気配――ヒロ・ゼインの声だった。

4. ヒロの正体

「大丈夫ですか、ネルネウスさん」

ヒロは『完全回復薬《エリクシール》』をネルネウスへと使う。

ネルネウスは生命エネルギーをほぼ使い果たして瀕死《ひんし》の状態だったので、全快までにはもう少し時間がかかる。

しかし、最高の治療薬だけに、ある程度動けるほどには瞬時に回復した。

「お前は……ヒロ・ゼイン。どうやってこの中に？」

「話はあとです。僕があの悪魔を相手しますので、その間にエンギさんたちを治療してください」

ヒロは『完全回復薬《エリクシール》』を二つネルネウスへと渡す。

最上級冒険者『ナンバーズ』だけに、自分が渡さずとも所持しているかもしれないが、一応念のためだ。

「いや、そんな余裕などない。二人がかりで、今すぐもう一度あの悪魔に攻撃を仕掛けるのだ！　お前が協力してくれれば、ヤツと相討《あいう》ちが可能やもしれぬ」

「そんなことをしなくても大丈夫。僕が倒しますよ」

ヒロが力強くネルネウスに応える。

あの無敵の大悪魔を一人で倒す？　そんなことできるわけがない――ネルネウスはその言葉が喉《のど》まで出かかったが、それは声にならなかった。

この男……何かが違う。不思議な感覚がネルネウスを包んでいく。

ただヒロ・ゼインのそばにいるだけで、どうしてこんなにも心が落ち着くのか？

かつてこれほどまでに安堵《あんど》したことはない。目の前の大悪魔をとてもちっぽけな存在に感じるほどだ。

「……分かった。ヤツのことはお前に任せる」

ネルネウスは全てをヒロに任せ、エンギたちの回復に向かう。

「貴様……どうやってこの『魔空領域』に入った？　いかなる存在も、ここを出入りすることは不可能なはずだ」

突然ヒロが現れたことに、バラムは首を傾げる。

「確かに苦労したよ。まあ中に『ナンバーズ』たちがいなければ、少し強引な手段を取っても良かったんだけどね」

何をしようとも破壊不能の『次元壁』だったが、ヒロは解析で、『次元壁』を飛び越えて移動する技を見つけたのだった。

それは『超能力《エスパー》』スキルの『瞬間移動《テレポート》』。

この技は、一度別次元に身体を移してから、指定の座標へと転移する。これはたとえ次元の壁であろうとも、別次元を経由してその中に移動できるということだ。

ただし、『次元壁』に対してこの移動を行うには『超能力《エスパー》』の能力が少し足らなかったようで、ヒロはストックしてあった138億7000万の経験値から9億6000万使って、『超能力《エスパー》』のスキルレベルを5から7まで上げた。

そして『瞬間移動《テレポート》』を使って、隔絶されたこの地へと進入したのである。

「まあいい、手間が省けた。捕らえ損ねたお前をどうやって始末するか悩んだが、わざわざここへ入ってくるとはバカなヤツ。この中のオレは無敵だ」

バラムは、『魔空領域』の外にいるヒロに対し、もう一つの切り札──待機させている仲間からの遠距離狙撃も考えていたのだが、下手に仕掛けて逃げられても困りもの。

それがヒロ自らこの死地へと来てくれたのだから、ありがたいことこの上ない。

これで無事作戦が完遂《かんすい》できるとバラムは確信した。

剛胆《ごうたん》なのかバカなのか、ヒロ・ゼインと呼ばれた男は無謀とも思えるような隙だらけの状態で、悠々とこっちに向かって歩いてきている。

人間のくせに、大悪魔であるこの自分をまったく恐れていないとは……!?

さて、早速この生意気《なまいき》な男を地獄に突き落としてやろう。どうにもならない絶望を味わうがよい。

──そう思いながら未来を見てみると……

あるタイミングで、突然未来が真っ暗になった。その直前までは、この男がゆっくりと歩いてくる姿が映っていたのに。

こんなことは初めてだった。一万年以上生きてきて、未来が真っ暗に見えたことはない。

これは何を暗示しているのか？　この先が見えないのは何故？

……………まさか!?　バラムは恐ろしい一つの考えに辿り着く。

この自分が、十秒後に死ぬ⁉

信じられないが、それ以外に理由がなかった。バラムは自分の死を予感して絶望に震えだす。

バカなっ、そんなことは絶対にあり得ない。自分はまだ全然本気を出していないのだ。

バラムには自分が負ける理由など思いつかなかった。

『ナンバーズ』相手ですら自分は一割も本気になっていないのだから、目の前のこんな弱そうな男など、軽く一撃で塵にする自信がある。それどころか、全人類を自分一人で全滅させることすら可能だと思っているのに。

生まれ出でて一万年、悪魔バラムは初めて本当の恐怖を知る。

考えろ、何故こんな状況になっている？

焦るな！　そうだ何を慌てる必要がある？　自分には最強の能力があるではないか！

未来が消えてビックリしたが、時間を止めればきっと問題ない。その一秒の間に、手加減なしの本気の一撃でコイツを消し去ってやればいいのだ。

さすれば、また未来が見えるようになるだろう。

――バラムはそう自分を落ち着かせながら、時間を一秒停止させる………しかし、何も起こらなかった。

今間違いなく時間を停止させたはず。なのに、アイツは何故止まらないのか⁉

バラムは目の前のヒロが異質な存在であることにようやく気付く。

アイツはいったい何者だ⁉　こんな力を持つ者は人間じゃない！

考えろ、考えるんだ！　このままでは自分の命は残り数秒……バラムは思考を超高速でフル回転させる。

それにしてもと、バラムは不思議に思う。

放っておいても自分は最善の行動――最適な未来を選択できるはずなのだ。それなのに、今回に限って何も見えない、何も身体が動かない。

バラムがこうしている間にも、貴重な時間が一秒また一秒と過ぎていく。

こうなったら、もう一度時間を停止させよう。バラムは決意する。

かつてこんな短時間のうちにこの力を連続で使ったことはないが、それしか手はなかった。

身体への負担は大きいが、やらねば死んでしまう。

さっきのは何か失敗してしまっただけだ！　今度こそ！

………しかし、やはり何も起こらなかった。

何故なんだ⁉　どうして時間が止まらない⁉

また数秒が過ぎる。暗い、未来が暗い……どうにもならない絶望がバラムを襲う。

考えろ、考えろ、とにかく考えるんだ！

永遠と思えるほど凝縮された一秒の中、必死に悪魔バラムは延命《えんめい》の道を探っていく。

最終手段として、この『魔空領域』内を全て灰燼《かいじん》と化すこともできるが、その代わり魔力を使い果たして回復に百年以上かかる状態となってしまう。

以前に一度だけそうしたことがあるが、死なずに済むなら、バラムはそれすら使用も厭《いと》わない。

だが、それを行使する選択をしても、まだ未来は変わらない。自分の最強の技でも延命できないのか？

分からないのは、逃げることも不可能ということだ。

バラムは万が一のために『転移石』を持っている。『魔空領域』を解除してコレを使えば、ヴァクラースのいるエーアストへと一瞬で転移が可能だ。

その逃げる意志を選んでも、未来は消えたままだ。

もちろん、たとえ土下座しようとも、未来が変わる様子はない。

一つだけ分かっているのは、このままでは確実な死が訪れること。

バラムは、生き残るためのあらゆる未来を模索《もさく》する。

考えろ、考えろ、考えろ、考えろ、考えろ、考えろ、考えろ、考えろ、考えろ、考えろ、

考えろ、考えろ、考えろ、考えろ、考えろ、考えろ、考えろ、考えろ、考えろ、考えろ、
考えろ、考えろ、考えろ、考えろ、考えろ、考えろ…………

バラムに未来がない理由。

それは簡単だ。ヒロに、この危険な悪魔バラムを生かす選択肢がなかったからだ。

いかなる状況でも、必ずバラムを殺す。だから、バラムの未来は絶対にない。

ただ、最古の大悪魔なだけに、ヒロは少し様子を見たかった。

罠などに注意する意味もあったが、このあとに戦うヴァクラースやセクエストロのためにも、悪魔の能力や行動を観察しておきたかったのだ。

だから『呪王の死睨』でいきなり殺さず、慎重に悪魔に近付いていった。

ただし、周りに危害が及びそうになれば、迷わず即殺する。もちろん、逃がすわけにもいかないので、逃走行為を感じた場合も即殺する。

特に、『転移石』の使用によって以前二度ほど別の敵に逃げられているので、それにはかなり注意していた。

警戒しながらヒロが一歩一歩近付いていくと、悪魔が何かの能力を使ってきた。

解析すると、『時間魔法』を発動した形跡が見受けられた。どうやら一秒ほど時間を止めようとしたことにヒロは気付く。

しかし、ヒロが持つ『神盾の守護《イージスフィールド》』は、ヒロに対するあらゆる負の効果を九十九パーセントトカットする能力を持っている。

つまり、一秒時間停止されても、ヒロ自身は○．○一秒しか止まらない。そのあまりの短さに、バラムは時間停止が発動していないと思い込んでしまった。

周りにいる『ナンバーズ』たちを見れば、ちゃんと一秒止まっていたことに気付けたはず。しかし、平然と近付いてくるユーリに恐怖して、周りを見る余裕すらなかったのだ。

――なるほどさすが大悪魔。時間を止めることもできるとは！

ヒロは少し感心する。悪魔の恐るべき能力を知り得たのは収穫だ。

可能ならその能力をもらいたいところだが、悪魔は『スキル強奪』の対象外なので、ヒロは少々無念に思う。

そしてそのままゆっくりと近付き、バラムの目の前まで到達すると、振り上げた『冥霊剣《エリュシオン》』で一刀両断《いっとうりょうだん》にした。

そう、バラムにとっての最適行動――それは、ただただ身動きもせず立ち尽くしていること。

それが一秒でも長く生きる最善の未来だったのである。

底のない思考の海に沈みながら、一万年に及ぶバラムの世界が終わったのだった。

「きゅっ、きゅっ、きゅううううううう～っっっっっ？？？？？？？」

「どうしたケット⁉　なんだ、何があった⁉」

戦いを遠くから見ていたケットが突然騒ぎだしたので、ヨシュアが混乱する。

「９３６０億〜〜〜〜〜っっっっ⁉」

謎の数字を叫びながら、ケットが泡を吹いて気絶した。

◇◇◇

「ヒロ・ゼイン、今のは……⁉」

ネルネウスの『完全回復薬《エリクシール》』によって無事一命を取りとめたエンギが、ヒロと悪魔バラムの戦闘を見て驚愕する。

自分たちが手も足も出なかった相手を、ヒロは何もせずただまっすぐ歩いていって、棒立ちになっているバラムを両断したのだ。

これがヤラセでないのなら、もはや意味が分からない。

しかし、あの大悪魔は間違いなく死んだ。

仮にヒロが魔王軍と組んで、自分たちを罠に嵌めようとしているとしても、あれほどの悪魔を殺す謀略《ぼうりゃく》などあるだろうか？

……疑うのはやめよう。この底知れない力を持つヒロ・ゼインを敵に回すことは無意味だからだ。

何より、自分たちはヒロ・ゼインに救われている。

多少とはいえ、救世主を訝《いぶか》しんでしまった自分を恥じるエンギたちだった。

「ヒロ～っ！」

「ヒロ様っ！」

「ンガーオ！」

全てが終わり、待機していたメジェールやアニスたちがヒロのもとに駆け寄ってきた。

ちなみに、気を失ってしまったケットは、ヨシュアに背負《せお》われている状態だ。

着いて早々、気絶から目が覚めたケットが開口一番《かいこういちばん》に叫んだ。

「ヒ、ヒロっ、お前今まで戦闘力をごまかしてたな⁉　ずっと何かおかしいと思ってたんだ！　９３６１５５１２８０３２、つまり９３６０億がお前の真の戦闘力だ！」

「きゅ……９３６０億だと⁉　待てよケット、そんな数値なんか出るわけ……」

とんでもない数値を聞いて、ヨシュアが信じられないといった表情をする。

「いいや、間違いじゃない！　こんなの魔王級だぞ⁉　いや、魔王よりも遙かに強い！

ヒロ、お前いったい何者なんだ？　ホントに神様の一族なのか？　ハッキリ教えてくれよ！」

「魔王級…………魔王？　まって、ひょっとしてヒロ様の正体って……⁉」

「そ、そうか！　ヒロのこのあまりにも強大な力……伝説級の魔道具をいとも簡単に作り、いくつもの謎の力を行使し、魔王ガールズとは顔馴染みで、殺し屋や神徒たちどころか最古の大悪魔さえ一撃で葬る。神の一族じゃないとしたら、こんなのは世界に一人しかいない！」

ケットが発した『魔王級』という言葉によって、アニスとディオーネがついにヒロの真の姿に思い当たる。

巨大なドラゴンを従え、ゼルドナどころか無敵の守護神がいるディフェーザさえ攻め落とし、万を超える魔物を一薙《ひとな》ぎで消滅させ、神に選ばれし『勇者』や『剣聖』を遥かに凌駕《りょうが》する最強の存在……

「ヒロ様が……ヒロ様が『魔王ユーリ』だったのですね⁉」

衝撃の事実を知って、皆一様《みないちよう》に声を失っていた。

静寂《せいじゃく》の中、ヒロ――ユーリが無言で頷く。

「なるほど……なんて盲点《もうてん》だったんだ！　オイラとしたことが、今までヒロが『魔王ユーリ』だなんて考えたこともなかったぜ」

「道理で……道理で強いわけだぜ。あんな殺し屋たち程度じゃ相手になるわけがない。こんなに強いんじゃ、『魔王』と呼ばれちまうのも当然だ」

ようやく事態を呑み込めたケットとヨシュアが、搾《しぼ》り出すように声を発した。

「でも、ヒロ様のお顔……手配書で見た『ユーリ』なる人物と違います。何故です？」

「そうだ、ワタシとアニス様がヒロを疑わなかったのは、『ユーリ』とは顔が全然違うからだ。それはどういうことなのだ？」

アニスとディオーネに指摘され、ユーリは『ヒロ』の変装を解く——アピが身体から離れ、ユーリ本来の姿が現れた。

「なっ、これは……スライム⁉　スライムで変装を？　そんなこと聞いたこともありません！」

「それに、スライムが少女になったぞ⁉　これは魔物なのか？」

アピの変身を見て、アニスとディオーネは目を丸くして驚く。

「いえ、違います。この子は身体はスライムですが、元は人間です。アピ、みんなにご挨拶して」

「あう～、みなさん、よぉしくおれがいします……パぁパお腹すいた」

「ああ、ごめんよアピ」

ユーリが出した食べ物を、アピが丸呑みする。

「本当に……あの手配書で見た『ユーリ』ですのね。それに、まだこんな少年だったなんて」

「……そうか！　ヒロが『魔王ユーリ』にはには負けないというのは、こういうことだったのか！」

「アニスさん、ディオーネさん、ヨシュアさん、ケットさん、今までずっと騙していてすみませんでした……失望しましたか？」

ユーリは一人一人ゆっくり見回しながら、自分の正体を偽っていたことを謝罪した。

「………いいえ、胸の中にあった欠片《かけら》たちが、全てピタリと組み合わさった気がします。『魔王ユーリ』……初めてその名を聞いて以来『恐怖の魔王』と信じていましたが、メジェール様たちを見て、私の心に疑念《ぎねん》が芽生《めば》えました。『魔王ユーリ』とは、人類に敵対する存在ではないかもしれないと……」

「うむ、ワタシも同じだ。『魔王ユーリ』というのはずっと謎だったが、旅をするうちに、『恐怖の魔王』とは少しずつイメージが変わっていった。ヒロよ、お前が『ユーリ』だったというのは、ワタシにとって最高の答えだ」

「アニスさん、ディオーネさん……ありがとうございます」

「おいおいヒロ、オイラたちだって今最高の気分だぜ！　人類最大の敵と思っていたヤツが、最大の味方になったんだからな！」

「そうそう、こんな痛快《つうかい》な思いは人生で初めてだ」

アニス、ディオーネ、ケット、ヨシュアの全員が、ヒロの正体が『ユーリ』だったことを受け入れている。

『魔王ユーリ』が『魔王』ではないと知ったとき、すでにこんな結末を予感していたのかもしれない……


「話は聞かせてもらった。なるほど、ヒロ・ゼイン、君があの『魔王ユーリ』だったのか。失礼、分かりやすく『魔王』と呼ばせてもらったが、もちろんそうだとは思ってなどいないよ」

すっかり全快したエンギたち『ナンバーズ』三人が、丸く収まったユーリ陣営《じんえい》に合流した。

ヤラセと勘違いしてしまうような先ほどの戦闘は、彼我《ひが》の力量差によって、最古の大悪魔とてこのヒロ・ゼインの前では身動き一つできなかったのだと納得する。

「エンギさん……信じていただけるんですね」

「是非もない。人類では君に勝てんのだから、もはや一蓮托生だ」

「いえ、そんな……」

「ああすまない、君が強すぎるから仕方なく信じるということではないよ。もちろん、強さに関係なく君自身を信頼している」

「ありがとうございます！」

「しかし……聞きしに勝《まさ》る強さだな。世界最凶だの復活した魔王だの人類を滅ぼす危険人物だの、その手の噂だけは耳にしていたが、まったくアテにならんものだ。いや、最強ということは真実だったか。ちなみに、君はすでにフォルスとは会ってるのか？」

「はい。ベルニカ姉妹の二人ともお会いして、僕のことはご理解いただいてます」

「なんだ、オレたちが最後か。アイツらも一言オレたちに教えてくれてりゃ、ややこしいことにはならなかったろうに……」

「いえ、僕が内緒にしてもらうようお願いしたんです。『魔王ユーリ』の正体はまだ知られたくなかったので」

「ふぅむ……アレか、下手すると洗脳とか疑われちまうってところか。これほどの強さだ、変な誤解を警戒するその気持ちは分かる。今だって、君があの大悪魔を倒してなきゃ、オレたちが戦闘を仕掛けてもおかしくないくらいだからな」

「ええっ⁉」

「ハハハ、冗談だよ。しかし、強すぎるってのも問題だな」

エンギの笑顔につられて、その場の全員から笑《え》みがこぼれる。

「しっかし、今回だけはさすがのアタシも少し心配しちゃったけど、まったく無駄だったわね。アンタがピンチになるところ、一度くらいは見てみたいもんだわ」

そうメジェールに言われ、君たちにはいつもピンチにさせられてるけどね、と宿屋での一夜を思い出してユーリは苦笑《くしょう》した。

そんなことはとても口には出せないが。

「あら、私はユーリなら絶対勝てるって思ってたけどね。ユーリと一番付き合いの長い私が、一番ユーリのことを分かってるってことかしら？」

「ウフフ、リノさんウソはいけませんわ。心配で泣きそうだったこと、わたくしには分かるんですのよ？」

「もうフィーリアってば、そういうことバラさないでよーっ！」

「おお、ではワタシだけデスか？　ご主人様が楽勝すると疑わなかったのは」

「フラウは状況が分かってなかっただけだろ！　お前、あの大悪魔がどれくらい強かったのか知らないだろ？　まあフラウはそれでいいと思うけどな」

ソロルのツッコミに、一同からもう一度笑みがこぼれた。

無事危機は乗り切った。あとは王城を解放するだけ。

全員がそう安堵していたところに、一発の凶弾が飛び込んでくる。

「危ないエンギさんっ！」

狙撃に気付いたユーリが、エンギの側頭部《そくとうぶ》が穿《うが》たれる直前、間一髪《かんいっぱつ》その銃弾を掴み取った。

5. 宿命の二人

「ウソ……だろ!? オレの狙撃を防ぎやがった！」

SSランク称号『砲撃手《ガンナー》』を持つハイラスが、必殺の狙撃『超超長距離狙撃《ロックオン・サーテインキル》』をヒロに破られ、驚きの声を上げる。

ヒロたちのいる魔導門前から五キロメートルも離れた小高い丘――そこに四人の神徒たちは待機していた。

悪魔バラムは念には念を入れ、この奥の手がバレないよう、絶対に感知されない距離に狙撃者を配置していたのだ。

五キロメートルも離れた距離から狙撃が可能なハイラスの能力あってこその作戦である。

ハイラスの称号『砲撃手《ガンナー》』は異世界の武器を召喚することができ、そしてそれを自在に使いこなせる能力だ。

その召喚した高性能スナイパーライフルと、悪魔からもらった魔弾フライクーゲル、それにハイラスの必殺技『超超長距離狙撃《ロックオン・サーテインキル》』が加わることで、この異次元の超長距離狙撃を可能とした。

しかし、その無敵の一発を素手で止めたヤツがいる。

「お前の狙撃を止めた……？　ふふん、敵もなかなかやるじゃねーか。あの白騎士がやられちまったのもマグレじゃねえってことか」

百九十センチを超える巨体の男が、不敵に笑いながら敵に感心した。

「笑いごとじゃねーぞゴーグ。白騎士も死んじまったし、これからどうすんだ？　白騎士《アイツ》の仇討《かたきう》ちしておかねーと、ヴァクラースがうるさいんじゃねーか？」

ゴーグと呼ばれた男――それは人間でありながら、悪魔に勝るほどの悪の存在。

そう、この丘に集まっていたのは、行方知れずとなっていたゴーグとその仲間たちだった。

『砲撃手《ガンナー》』ハイラスのほか、SSランク称号『収集家《コレクター》』のジャンギ、同じくSSランク称号『歌姫』を持つウルシラ、そして『覇王闘者《はおうとうしゃ》』ゴーグを合わせた最凶の四人。

もちろん全員『魔王の芽《デモンシード》』で強化されており、魔王軍最強部隊と言っても過言《かごん》ではなかった。

今まで彼らの行方が分からなかったのは、ほかの神徒たちとは別に、秘密の任務に就いていたからだ。魔王軍にとって強力な敵となる存在――それを片《かた》っ端《ぱし》から排除《はいじょ》していたのである。

バラムは、万が一のときこのゴーグたちに援護《えんご》してもらう予定で、内密に呼び寄せたのだった。

魔導門まで少し距離はあるが、ハイラスの狙撃精度《せいど》なら問題ない。仮に仕留め損なっても、狙撃で足止めできればゴーグたちもすぐに駆け付けられる上、バラムが能力回復する時間稼《かせ》ぎにもなる。

……が、『魔空領域』が発動しているうちはハイラスの狙撃も不可能だし、結局奥の手を使う間もなくバラムは殺されてしまった。

ゴーグたちは合図待ちのまま戦闘が終わってしまったのである。

仕方なく、自分たちの判断で適当に狙撃して皆殺しにしようとしたところ、ユーリに防がれてしまったのだった。

「あの悪魔のことなんか知ったこっちゃねえ。情けない負け方しやがって、よくあんなのが一万年も生きられたもんだ」

「けどよぉゴーグ、もしかしたら相手の男が強かった可能性もあるんじゃねーか？」

バラムの不甲斐《ふがい》なさにゴーグは呆れ返るが、ハイラスは一応相手の強さについて指摘した。

「ふん、興味ねーな……まあ、せっかくだ。仇討ちなんてつもりはねーが、その相手の男ってのをぶっ殺してから帰るとするか」

「おっと、いいねえ。久しぶりに大暴れしてやるぜ」

「フフ、あいつらにアタシの『死の歌』を聴《き》かせてやるわ」

ゴーグの発言に、ジャンギとウルシラがはしゃぎながら同意した。

その殺戮《さつりく》を行うため、彼らは早速魔導門のほうへ移動を開始しようとする。

……とそのとき、ライフルスコープを覗《のぞ》いていたハイラスが、知った顔があることに気付いた。

「おいゴーグ、こりゃ驚きだ！　いつの間にかメジェールが来てるぞ」

「メジェールが!?　ホントか？」

「ああ、急に人数が増えたんで気付かなかったが、アレは間違いなくメジェールだ。んで、フィーリア王女もいやがる」

ライフルスコープに拡大されたメジェールたちを見ながら、ハイラスは頷く。

ハイラスはユーリたちとはクラスが違ったので、リノにはまだ気付いていないが、『勇者』であるメジェールや王女フィーリアは有名人だ。その顔を知らないはずがなかった。

「ヤツら王都《ここ》に来てやがったのか……ハイラス、ヤツらの中にユーリはいないのか？」

ゴーグが突然予想外の名前を出したことに、ハイラスは少し首をひねる。

「ユーリだって!?　そんなヤツ……いや待て、どういうことだ!?　白騎士を倒した男の顔が変わってやがる！」

「顔が変わった？　意味が分からねーな」

「白騎士と戦ってた謎の男が、いつの間にか別の顔になってるんだ！　服も装備も一緒だから間違いねえ。んでありゃあ……ユーリだ！」

「なんだと!?」

魔王軍となってからあまりやる気を見せていなかったゴーグが、大悪魔バラムを倒した男の正体がユーリだったことに異常に反応した。

こんなことは、お互いの長い付き合いの中で初めてだった。

そのことに、ハイラス、ジャンギ、ウルシラの三人は顔を見合わせながら驚く。

「クックックッ、そうか……そういうことか。なるほど、あの老《お》いぼれ悪魔じゃ勝てるわけねーな。納得いったぜ」

何かゴーグの様子がおかしい。

ハイラスたちは、こんな愉快《ゆかい》そうなゴーグなど見たことがなかった。

ユーリに何か秘密があるのか？　学校在籍時は、ただの無能者としか見られてなかったはずだ。

今スコープを見てハイラスが気付いたのもたまたまだ。ゴーグにユーリの名前を出されなければ、その存在を見逃していたに違いない。

何故そんな男をゴーグは気にしているのか？

「ならヤツらの皆殺しはやめだ。もうこの国には用はねえ、フケるぞ」

ユーリの名前を聞いた途端《とたん》、ゴーグは襲撃を中止し、この国から出ると言いだした。

ゴーグを崇拝《すうはい》して忠誠《ちゅうせい》を誓っているハイラスたちからすれば、まるでユーリから逃げるようで納得がいかない。

「おいゴーグ、アイツら放っておいていいのか？　ここで始末しておくべきだろ⁉」

「そうよ、このまま帰るんじゃ、アタシらなんのためにここで待ってたってのよ！」

「ゴーグ、どうしたってんだ。お前ほどの男が何故あんなヤツを気にする？」

「うるせえ。今は気が向かないだけだ。こんなとこで戦っても仕方ねえ」

戦う？　その表現にハイラスたちは首を傾げる。

戦いになんかならない。いつも通り自分たちが虐殺《ぎゃくさつ》するだけだ。

特に、この男ゴーグの力は、すでにヴァクラースさえ…………


それ以上ゴーグは言葉を発することなく、背を向けて立ち去ろうとしている。

許せない何かがハイラスの頭を満たした。

あのユーリというヤツは邪魔だ。ゴーグがなんと言おうと、ここで始末する。

そう思い、ライフルスコープでユーリを覗いた瞬間――ハイラスは額《ひたい》に風が当たるのを感じた。

殺気を感じたユーリが、逆にハイラスを狙撃したのだ。

そのユーリの放った矢がハイラスの額に突き刺さる寸前、ゴーグがそれを片手で掴んで止めていた。

「バ……バカな、このオレよりも狙撃能力が上だと……!?」

ハイラスの超長距離狙撃は、異世界の高性能スナイパーライフルと拡大スコープ、そして必中効果を持つ魔弾フライクーゲルの力あってこその能力だ。

それを、ただの弓で超えるというのか……!?

ハイラスはその事実を受け入れるのに、数十秒を必要とした。

「ハイラス、余計なことするんじゃねえ。お前に倒せる男じゃねえよ、あのユーリはな。ヤツはオレが始末する。いや、ヤツを倒せるのはオレだけだ」

ゴーグとユーリの間には、ハイラスたちの知らない因縁《いんねん》があった。

ゴーグとユーリ、相反《あいはん》する存在――天意とも言うべき宿命を背負った二人。

いずれ決着を付けるが、今はそのときではない。

ゴーグはそう判断し、この地を去るのだった。

6. 別れ……そして新たな仲間

白幻騎士《ファントムナイト》を倒したあと、王城は簡単に奪還できた。

白幻騎士《ファントムナイト》が死んだせいなのか、王城を覆っていた魔界の結界は消えていたし、洗脳されていた兵士たちもすでに元の状態に戻っていた。

何人か『魔王の芽《デモンシード》』の神徒たちが残っていたけど、もはや敵ではなく、『ナンバーズ』たちの力も借りてあっさりと城を制圧。

無事カイダ王都を取り戻せたのだった。

あのとき——白幻騎士《ファントムナイト》を倒したあとにエンギさんを狙撃した『弾丸』は、ゴーグの仲間である『砲撃手《ガンナー》』が撃ったモノと思われる。

ということは、あそこにゴーグたちも来ていた？　聞いた限りでは、ゴーグはこのカイダ王都にはいないという話だったが……

僕からも狙撃のお返しをしたけど、仕留めた手応えはなかったので、多分防がれてしまったと思う。

一応、狙撃者が待機していたであろう場所にも行ってみたけど、すでに誰もいなかった。

ゴーグは本当にいたんだろうか？

アイツは……ゴーグだけは別格の存在だ。なんとしてでも無力化しておかないと。

……たとえ殺してでも。

このカイダ国については、『ナンバーズ』の三人に任せることにした。

僕たちは勢いに乗って、このまま魔王軍の本拠地《ほんきょち》エーアストに向かうことになった。いよいよ決戦のときだ。

出発の前に、お世話になったエイミーさんたちに別れを告《つ》げる。

「エイミーさん、短い間でしたけど、色々とお世話になりました」

「とんでもない！　あたしのほうこそ……ヒロさん、本当に、本当にありがとうございました。あたしも母も弟たちも、そしてこの国も全てヒロさんが救ってくれました。誰がなんと言おうとも、あたしにとってヒロさんは神様です」

正体がみんなにバレてしまったので、僕はもうアピの変装を解いて元のユーリの姿になってるけど、エイミーさんもアニスさんたちもそのまま『ヒロ』と呼んでいる。

僕がそのままでいいって言ったんだけどね。本名は『ユーリ・ヒロナダ』なので、『ヒロ』でもおかしくないから。

エイミーさんは僕の本当の顔を見てほんのちょっと驚いたけど、特に気にしていないようだった。

「ヒロ兄ちゃん、エイミー姉ちゃんのことお嫁《よめ》にもらってくれよ！」

「こらっ、ニール！　なんてことを……！」

エイミーさんがニール君の頭をペシッとハタこうとしたところ、それをスルリと躱して
ニール君は逃げていく。

「エイミーさん、別にいいですよ」

「えっ⁉　ではお嫁さんにしてくださるんですか⁉」

「うええっ⁉　いや、そういうことじゃなくっ、ニール君の……」

「クスッ、冗談ですよ。ヒロさんには、まだまだやることがいっぱいあるんですものね」

はぁ〜冗談か、ビックリした。

ただでさえアニスさんとディオーネさんという問題を抱えているのに、これ以上婚約者を増やすわけにはいかないよ〜。

「あの……ヒロさん、一つだけお願いしてもいいですか？」

エイミーさんが少し寂しそうな顔をして、うつむきながら小さく言葉を発した。

「なんでしょう？　僕にできることなら」

「ギュッと……抱きしめてください」

「えっ⁉」

な、なんだ⁉　これ、どうすればいいんだ⁉

想定外のことに困り果て、ちらりと横にいるメジェールたちを見てみると、複雑《ふくざつ》な顔をしながら頷いていている。

言われた通り、抱きしめればいいってことなのかな？

僕はエイミーさんに近付いて、そっと抱きしめてあげる。

「ヒロさん、またカイダに来てくださいね。絶対に来てくださいね……お料理、いっぱい用意して待ってますから……」

抱擁《ほうよう》を解いて身体を離すと、エイミーさんは穏《おだ》やかに微笑んでいた。

そしてお互いの姿が見えなくなるまで手を振って、僕たちはエイミーさんとさよならをした。

◇◇◇

「はぁ〜〜〜〜〜……アンタは本っっっっっ当に女心が分からない男だわ。少しは勉強しないと、悲しむ女性が増えるだけね」

「えっ、僕って女性を悲しませてるの⁉」

メジェールの言葉に僕は衝撃を受ける。

女性にはなるべくやさしく接しているつもりだったんだけど……？

「わたくしは悲しいと思ったことはありませんけどね。ユーリ様がニブいというのは同感ですけど」

「う〜ん……まあ知らないほうが幸せってこともあるから、ユーリはそれでいいんじゃない？」

なんだなんだ？　フィーリアとリノがなんだか呆れているような……？

「確かに、ヒロ様は『戦士』としては非の打ちどころがありませんが、『男性』としてはいささか問題がお有りなようで……」

「ふーむ、ヒロがこれではなあ……先が思いやられる」

「ンガーオ……」

えっ、アニスさんやディオーネさん、それにルクまで⁉

よく分からないけど、みんなから色々言われちゃってるぞ⁉　僕、何かしましたか？

ちなみに、ユーリに戻っても、アニスさんたちとは変わらず婚約者の関係を保ち続けている。

外見がだいぶ年下になっちゃったので、僕に興味なくなるかと思ってたんだけど、『ヒロ』の容姿《ようし》に惚れたわけではないので、どんな姿でも気持ちは変わらないとのこと。

それについては素直にありがたく受け止めている。

正体がバレたとき、メジェールたちと一悶着《ひともんちゃく》あるかなあと少し不安もあったんだけど、何故か全然平気だった。

メジェールたちは今さら二人増えてもどうってことないとかなんとか言ってるし、アニスさんたちは、魔王ガールズどころかベルニカ姉妹の存在まで知って、なんか吹っ切れたような感じだ。

以前は、重婚《じゅうこん》は絶対ダメとか言ってたアニスさんたちなのに、強くなったなあ……

まあ僕としては、これで解決しているのかしてないのか、よく分からない状態ではあるけど。

カイダ王都の正門を通り、みんなで外へと出たところで、ある気配を感じた。

コレ……今みんなで正門の影に入ったとき、そのまま僕たちの影に入って付いてきたんだ！

そう、今僕の影に入っているのは……

「ネルネウスさん⁉」

僕に名前を呼ばれ、黒い影が白髪の少女へと実体化した。

「ふむ、こうも容易くこのネネの影術に気付くとはさすがだな」

カイダ王都をあとにしようとしたところ、なんと『ナンバーズ』の1《エース》であるネルネウスさんが、僕の影に入って付いてきた。

まさか、緊急事態か⁉

「ネルネウスさん、どうしてここに？　王城で何かあったんですか？」

「別に何もない。ただネネが来たかっただけだ」

「あの……僕たちの見送りでしょうか？　それなら、わざわざ来ていただいてありが……」

「違う。ネネもお前と一緒に行く」

「……………………えええ～っ⁉」

僕たち全員から驚きの声が上がる。

この先のことについては充分話し合ったはずで、『ナンバーズ』の三人には、このカイダをお任せすることに決まったんだけど？

僕たちでは不安なことでも？　もしくは、カイダ王都に残るのは不満なのか？

「ネルネウスさん、エーアストの魔王軍については僕たちにお任せください。『ナンバーズ』の皆さんにはほかにやっていただきたいことが……」

「『ナンバーズ』はやめた」

「……はい⁉」

「『ナンバーズ』からは脱けたんで、ネネはもう自由だ。だからお前と一緒に行く」

なんですとおおおおおおっ⁉

『1《エース》』ともあろうお方が、なんで『ナンバーズ』やめちゃったの？

「エ、エンギさんたちはいいって言ったんですか？」

「うむ、ヤツらは別に構わんと言ってくれた。むしろ、応援してくれたぞ」

応援？　……ってなんの応援だ？

「ネネはお前が気に入った。だから『夫』にする。この国はエンギたちだけでも大丈夫。ネネはお前のそばがいい」

なんだこの展開いいい～っ⁉　何故急にこんなことになった⁉

そもそもネルネウスさんって、僕のことあまり良く思ってなかったんじゃ……？

ネルネウスさんの『夫』という言葉を聞いて、メジェールやリノ、アニスさんたちが不快感をあらわにする。

「あなた以前、ヒロ様のことは興味ないって言ってらしたじゃ……」

「あのときは興味なかった。今は違う。心から愛してる。ネネの夫はこの男しかあり得ない」

「『夫』だなんて、子供のくせに生意気なこと言って！　アンタみたいなガキには十年早いわよっ」

「いやメジェール、ネルネウスさんは実は二十七歳……」

うわあっ、僕が実際の年齢を口にしたら、ネルネウスさんにスゴイ顔で睨まれた！

エンギさんも肘鉄喰らってたし、コレは禁句《タブー》なんだな、気を付けよう。

「二十七歳⁉　ババァじゃないですか！　そんな女がご主人様に近付くなんて生意気です！」

フラウ、お前はもっと年上の四十歳だろ！

ああっ、なんか歳に関することはアニスさんとディオーネさんも過敏《かびん》になってるぞ。

このままじゃ大乱闘になりかねない！

「うるさい女たちだ。こんなヤツらは放っていて、ネネと添い遂《と》げようダーリン。今まで大事にとっておいたネネの全てをダーリンに捧《ささ》げるぞ♪」

だ、だ、ダーリン⁉　なんだその呼び方⁉

うわあっ、ネルネウスさんが影化して僕の全身に絡みついてきた。

そしてまた実体化して、僕の後ろから首に腕を回して抱きついてるっ！

「ユーリどいてっ！　そいつ殺せない！」

「このアマ……わたくしの『闇魔法』であの世に送って差し上げますわ」

どわあっ、リノたちがヤバい、このままじゃ大変なことになるぞ！

「ユーリ、なんでそんな女庇うの⁉　大丈夫、私たちが始末してあげるから」

「庇ってない、庇ってないからリノ落ち着いて！　みんなお願いだから争うのはやめて！　ケットさん、ヨシュアさん、見てないでなんとかしてください～っ」

「こりゃオイラたちには無理だ。っていうか、これを止められるのは世界でヒロだけだろ」

「ま、モテる男の宿命だ。ガンバレ」

「そんなあ～っ」

ホント待って、超ヤバい状況なんですけど⁉

まさに一触即発《いっしょくそくはつ》。ネルネウスさんは僕の後ろからアカンベーしてみんなを挑発してるし。

「アマゾネス『戦皇妃《せんこうき》』の名においてぶっ殺す！」

「子供の姿をしたオバサンのクセに、絶対許せマセン！」

「皆さん、及ばずながら私も力をお貸しいたします」

「ワタシも助太刀《すけだち》しよう。こういう女には少し灸《きゅう》を据えんとな」

「ンガーオ！」

「ほほう、このネネとやり合おうというのか。ならば『1《エース》』の力を見せてやろう」

「ならこっちは『勇者』の力を思い知らせてあげるわ！」

君たち、頼むからやめて！　世界が滅んじゃうでしょ……

とりあえず、僕に抱きついているネルネウスさんをなんとかしないと。

「ネ、ネルネウスさん、一度離れてください」

「んーじゃあ『ネネ』と呼んで」

「ネ……ネネさん？」

「『さん』はいらない。『ネネ』だけでいい」

「ネ、ネネ？　僕の首から腕を放してください」

「んふー分かった。ダーリンの言うことなら聞く」

ふー、素直に離れてくれた。これで少しは収ま……

「やっと離れましたわね。わたくしですらユーリ様に抱きついたことなどありませんのに、その不埒《ふらち》な所業、万死《ばんし》に値《あたい》します！」

「年上のくせに子供の外見してるのもなんか癇《かん》に障《さわ》るのよね」

フィーリアとメジェールは少しも怒りが収まってないようだった。いや、ほかのみんなもだ。

「べー！　お前たちのような小娘ではダーリンには不釣《ふつ》り合い。ネネのような大人の女が相応《ふさわ》しいのだ」

と言うネルネウスさんは、この場にいる誰よりも幼い姿（アピを除く）なんだけど。

ちなみにアピは、もう僕の変装を手伝う必要がないので、僕から離れて少女の状態だ。

この争いには我関せずで、一心不乱《いっしんふらん》にずっと何かを食べ続けている。

それにしても、この人ホントに『ナンバーズ』の『1《エース》』だったのか？

ネルネウスさんはもうめちゃめちゃ子供っぽい仕草で、みんなを挑発しまくっている。

完全に火に油をぶっかけまくっちゃって、その怒りの炎で世界が焼き尽くされそうな勢いだ。

これはもう、僕がキッチリ言わないとダメだ。

そうだ、今さっき僕は男として問題があると言われたし、ここはしっかり収めないと！

「やめてくだ……やめなさいネネ！　みんなと仲良くしないと、一緒に連れていってあげないぞ！」

僕は年下なのに、ちょっと強く言いすぎかな？

女の子をちゃんと叱《しか》るのって初めてかも。我ながらこういうのは苦手だ。

ネルネウ……ネネは分かってくれたかな？

「……ごめんなさい。ダーリンがそう言うなら大人しくする。だからネネのこと嫌わないで……」

あ、めっちゃ素直で可愛い。

外見が幼気《いたいけ》な少女だけに、これはズルいな……絶対許しちゃうなコレ。

「みんなごめんなさい。言うこと聞くから、ネネも混ぜてくれ」

ネネが素直に謝ったので、みんなの気も収まったようだ。

ふー、一時はどうなることかと思ったよ……

なんかちょっと涙が出た。ヴァクラースに負けても泣くことなんてなかったのに。

ちなみに、ネネには『眷属守護天使《サーヴァント・ヴァルキュリア》』の反応が出た。ということは、ネネは『眷女』になれる。

でも、アニスさんたちの手前、今はやめておこう。

ようやく落ち着いたところで、僕たちはカイダ王都を出立《しゅったつ》した。

第四章　故郷エーアスト決戦

1．悪魔大軍団

カイダ王都を出立した僕たちは、二台の魔導車――一台には僕とアニスさんたち、もう一台にはメジェールたち五人が乗ってエーアストへと走る。

心配していたネネとみんなの仲だけど、最初こそ一触即発だったものの、今ではすっかり意気投合《いきとうごう》して無事円満な関係になっていた。

ちなみに、ネネは僕の影に入っている。よく分からないけど、なかなか居心地《いごこち》がいいらしい。

魔導車は馬車の倍以上の速度で移動できるので、夕方過ぎにはエーアスト方面にある砦に到着した。

ここは、エーアスト軍がカイダ国に攻め込むときに真っ先に落とした砦だ。よって、キルデア砦のようにエーアスト軍が占拠しているかと思ったら、すでに逃げだしたあとだった。

カイダ王都が奪い返されたことを知っていたようで、こっちとしては砦を落とす手間が省けて助かった。まあ占拠されていたとしても、このメンバーならあっという間に奪還できていたとは思うけどね。

砦で一晩身体を休め、翌朝エーアストに向かって再び僕らは出発する。

「しっかし、何度も言うけどよぉ、ヒロの戦闘数値が９０００億超えてたのにはたまげたよなあ。オイラ何が起こったのか分からなくて、心臓が止まりそうになったくらいだからな」

ケットさんが魔導車を運転する僕に話しかけてきた。

「自分ではよく分かりませんでしたね。１００万超えてたらいいなとは思ってましたが」

「か～、ヒロは自分の強さが全然分かってないな。コレ、多分魔王より圧倒的に強いぞ」

うーん、通常ならそうなのかもしれないけど、今回の魔王復活については、色々とイレギュラーなことが多いんだよね。

『魔王の芽《デモンシード》』もそうだし、悪魔たちも異常に強い。そしてゴーグのことも……

復活する魔王も、今回は例外的な強さを持っている可能性は充分ある。

でも僕の数値が大きいのは嬉しいかな。あくまで目安でしかないけど、小さい数字よりは大きい数字のほうが安心できる。

あの白幻騎士《ファントムナイト》が変身した最古の大悪魔と向かい合ったときも全然怖さを感じなかったし、今なら絶対互角以上にヴァクラースと戦えるはずだ。

あとはヤツらが卑怯な手段を使ってこないように気を付けるだけだが……

魔王軍だけに、追い詰められればどんな手を使ってくるか分からない。場合によっては犠牲が出ることも覚悟している。

人類の生存をかけた戦いだけに、無傷で勝利しようなどという虫のいいことは考えていない。

何があっても挫《くじ》けないよう、強い心を持って挑むつもりだ。

エーアスト国が魔王軍だということは、カイダを救ったことにより全世界に知れ渡った。それと同時に、『魔王ユーリ』が魔王ではないことも広まっている。

誤解がちゃんと解けてようやく肩の荷が下りた感じだ。これで余計な心配をすることなく、エーアスト決戦を迎えることができる。

決戦に際しては、各国から騎兵隊を派遣《はけん》してもらって大軍を用意することになっている。これについてはシャルフ王が中心となって動いていて、現在大急ぎで準備しているとのこと。

フリーデン国とファーブラ国からは当然として、エーアストの隣国《りんごく》であるアマトーレ国からも兵を出してもらえるよう、現在交渉《こうしょう》中らしい。

そして僕が管理するゼルドナ国、ディフェーザ国でも準備を進め、すでにディフェーザのマーガス王がゼルドナ軍と合流すべく騎兵隊を出立させた。

解放したばかりのカイダ国からも一部の兵士には参加してもらう予定で、総勢三万の軍勢がエーアストを包囲する計画となっている。

この軍の一般兵士たちは戦闘に参加することはないけど、エーアストに対する抑止力《よくしりょく》と、そして戦いの……いや、歴史の証人となってもらう必要があるために欠かせない存在だ。

全て最初に考えた構想通りで、順調なら万全の態勢で決戦を迎えられるはず。

希望や不安など、みんな様々な思いを巡《めぐ》らせながら、僕たちは本日の移動を終えて就寝した。

◇◇◇

翌日。二台の魔導車にて僕たちの移動は続く。

危険な山や森を抜け、平坦な草原を走り続けていると、突然魔導通信機に連絡が入った――シャルフ王からだ。

「ユーリ、まずいぞ。今そっちに危険が迫っている！」

シャルフ王の話では、エーアスト近辺を偵察《ていさつ》していた人から、異様な軍隊を目撃したという連絡があったとのこと。それは数千に及ぶ悪魔の集団だったとか。

　そいつらが、現在ここに向かって移動中らしい。

　魔王軍が、すでにそこまで戦力を拡大していたとは……

　恐らく、まだまだ秘密にしておくつもりだったんだろうが、カイダを奪還されたので仕方なく全軍を始動したんだろう。エーアストが魔王軍ということもバレてしまったから、もはや隠しておく意味もないしな。

「どうするユーリ？　一度撤退《てったい》するか？」

「いえ、大丈夫です。そんな奴ら蹴散らしてやりますよ」

「ふむ……普通なら有無を言わさず止めるところだが、お前なら絶対に負けぬだろう。悪魔たちにお前の力を思い知らせてやれ！」

　シャルフ王らしい激励《げきれい》をもらって通信を終える。

「悪魔の大軍団？　さすがに強敵そうね……ゼルドナのときみたくアタシたちが時間稼ぎをして、その剣で一気に消しちゃう？」

　メジェールが言っているのは、ゼルドナに来た一万のモンスターのことだ。

　あのときはメジェールたちに時間を稼いでもらって、『冥霊剣《エリュシオン》』の能力で一気に倒すことができた。

　ただ今回は単純な思考のモンスターたちと違って、狡猾な悪魔が相手だ。同じ手が通用するか、ちょっと疑問なところがある。

以前モンスター軍団がやられたことで、悪魔たちも警戒しているだろうし。

ということで、僕には別の案があった。それを実現するため、僕は少しの間ここを離れる必要がある。

「みんな、僕はちょっと行くところがある。夕方までには戻ってくると思うけど、それまで危険なことはしないで待っててほしい」

「了解よ。ひょっとしてアイツを連れてくるの？」

「まあね。分かっちゃった？」

勘のいいメジェールは、僕が何をしようとしてるのか気付いたようだ。

「じゃあちょっと行ってくる！　万が一ヤバイ状況になったら、『転移水晶』で逃げてくれ」

僕はみんなに指示をしたあと、まず『転移水晶』でディフェーザに行った。

そして目的のモノを回収すると、次はゼルドナに転移する。

そう、僕が考えていた悪魔軍団に対抗する案とは、ゼルドナで待機していた熾光魔竜《ゼイン》のことだった。

地上最強のドラゴンであるゼインなら、そんじょそこらの悪魔などものともしないだろう。ディフェーザで回収した『破壊の天使《メタトロン》』も、僕の秘密兵器だ。

そもそも悪魔軍団とは関係なく、ゼインと破壊の天使《メタトロン》はエーアストに連れていこうと思っていたので、ちょうど良かったかもしれない。

巨大なゼインはさすがに『転移水晶』でも転移させられないので、ゼインの背に乗ってみんなのいる場所に帰ることに。

超高速飛行のゼインでも、この距離の移動にはさすがに時間がかかるので、着くのは恐らく夕方だろう。


その推測通り、夕暮れの中みんなの待つ場所まで戻ってくると、悪魔の大軍団がちょうど目の前まで迫っている最中だった。

上空から観察したところ、ぞろぞろと行進しているのはまさに悪魔と呼ぶに相応しい異《い》形《ぎょう》の怪物たちだ。

報告通り数千体はいる。これこそ真の魔王軍といったところか。

各自の戦闘力も非常に高そうで、ドラゴン以上の力を持つヤツまでかなりの数が見受けられる。これは以前ゼルドナを襲いに来た一万体のモンスターを軽く超える戦力だ。

危なかった……ギリギリのタイミングだったな。僕はゼインから飛び降り、みんなのもとに行く。

「ただいま！　待たせたね！」

「ちょっと心配しちゃったわ。もちろん、信じてたけどね」

メジェールがホッとしたように表情をゆるめた。

「あとは任せて。ゼイン、魔王軍《あいつら》をなんとかできるか？」

「我を誰だと思っておる。あの程度のヤツらなど全て蹴散らしてやろう」

僕の言葉に、ゼインが力強く応える。

もちろん、僕もゼインならそれができると思って連れてきたわけだが、思った以上に相手は手強そうだ。もしものことも考え、僕の力をゼインに分け与えることにした。

「眠れる竜よ、神の僕《しもべ》となって目覚《めざ》めよ！　『竜神覚醒《グレート・エボリューション》』っ！」

これは『竜族使役』スキルのレベル10にある能力で、これを使えば眷属《けんぞく》となったドラゴン――『眷竜』を一時的に進化させることができる。

僕の魔力を吸収したゼインは、その漲る力《パワー》を全身から溢《あふ》れ出し始めた。見た目も一回り大きくなったかのような、圧倒的な存在感だ。

「なんと、この力は……！　これなら魔王にも負ける気はせぬな。ではあるじ殿、一暴れしてくるぞ」

コオオッと一声鳴いたあと、ゼインは悪魔軍団に向かって飛んでいった。

次はアイテムボックスから破壊の天使《メタトロン》を取り出す。

「破壊の天使《メタトロン》、お前もよろしく頼む。ゼインを手伝ってやってくれ」

破壊の天使《メタトロン》は意思のないゴーレムだが、まるで了解したと言わんばかりに両目が発光した。

　そしてゼインを追いながら、悪魔の群《む》れを目がけて滑《すべ》るように疾走《しっそう》していく。

　ゼインが大きく口を開け、本気の『輝炎息吹《フレアブレス》』を吐くと、前方にいる悪魔数百体が一瞬のうちに塵へと変わった。

　それに少し遅れて破壊の天使《メタトロン》が到着し、疾走速度そのままに辺りを手で薙ぎ払いまくる。

　これにより、瞬く間に怪物たちはぶっ飛ばされ、片っ端から叩き潰されていく。

　ゼインも破壊の天使《メタトロン》も完全に悪魔たちを圧倒していた。

「す……すんげえええええっ、なんていう凄まじい強さなんだ！」

「あの凶悪な悪魔たちを、軽々蹴散らしていくぞ」

　ケットさんとヨシュアさんは、ゼインたちの強さに度肝《どぎも》を抜かれているようだった。同じく、アニスさんやディオーネさんも、声が出ないほど驚いている。

　そのままゼインたちは悪魔を蹂躙《じゅうりん》し続け、あっという間に残りは数十体となった。

　その中に、黒い鎧を着た騎士――『黙示録の四騎士《ナイツ・オブ・アポカリプス》』の『黒滅騎士《ダークナイト》』がいた。

　アイツがこの軍団を統率していたのか。

「おのれ、我が同胞をここまで手にかけるとは……絶対に許さぬ！」

　そう叫ぶと、黒滅騎士《ダークナイト》は本来の姿に変身し始める。

体長は四メートルまで巨大化し、『黒騎士』という名に相応しい真黒の怪物に変化すると、再び大声で叫んだ。

「我が名はザガン！　貴様たちを……」

ゴオオオオオオオオオオオオオオオッッッ！

ザガンという悪魔が叫んでる最中に、ゼインがブレスで塵にしてしまった。

最後まで聞いてあげても良かったんじゃないかな……まあ黒滅騎士《ダークナイト》は白幻騎士《ファントムナイト》よりもだいぶ弱いみたいだし、こんなもんか。

悪魔軍団を一体残らず全滅させたあと、ゼインと破壊の天使《メタトロン》は僕たちのところに戻ってきた。

「いやはや、まいったぜ。ゼルドナにいる巨大ドラゴンの噂は聞いちゃいたが、これほどケタ違いの強さだったとはな。ゴーレムも見事だ。こりゃヒロが魔王と言われちまうわけだ」

「オイラ嬉しくてたまらないぜ！　ヒロとこのドラゴンがいりゃ、魔王軍なんか楽勝だろ！」

ヨシュアさんとケットさんは、子供のように興奮しながらゼインと破壊の天使《メタトロン》を見上げている。

「あるじ殿、我は久方ぶりに褒められて気分がいいぞ」

ゼインもまんざらでもないようだ。伝説のドラゴンのくせに、意外と無邪気なところがあるよな。

さて、魔王軍の主力を壊滅《かいめつ》させたし、これで本当にあとはヴァクラースとセクエストロだけだ。

ここまできたら焦らずに、各国からやってくる援軍と合流してから、全軍でエーアストに乗り込もう！

2. ヴァクラースとの対決

思わぬ場所で魔王軍の本隊を一掃することができたので、僕たちはその場で待機しながら各国からの援軍の到着を待った。

五日ほどで総勢三万の騎兵隊が集合したので、僕たちは彼らを率《ひき》いていざエーアストへと進む。

この決戦にはシャルフ王も駆けつけてくれた。ドラゴン討伐のときに一緒に戦ったフォルスさんや、カイダを任せていたエンギさん、ナダルさん、そしてイオに帰っていたマグナさん、シェナさんも来てくれている。

ネネも含め、ナンバーズ勢揃《せいぞろ》いだ。

そして、明日の昼にはもうエーアスト王都に到着するということで、さすがの僕も緊張している。

いよいよヴァクラースたちと対決ということで、今さらながらその強さを思い出して武者震《むしゃぶる》いしてしまう。

大丈夫だ。戦闘の流れは、何度も頭の中でシミュレーションをした。

今の僕なら必ず勝てる！　そう信じて、自分の心を落ち着かせる。

「ユーリ様、大丈夫ですか？　少し心が乱れているようですが……」

『聖なる眼』を持っているフィーリアが、僕の様子に気付いて声をかけてくれた。

エーアストにいる王様のことを考えると、フィーリアは僕以上に不安だろうに……

「ユーリ、アンタにはアタシたちが付いてる。何があっても、ここにいる全員がアンタの味方よ。それだけは忘れないでね」

メジェールの言葉に、そばにいたみんなが頷いた。

ここまで来られたのもみんなのおかげだ。悩みがちな僕の背中を押してくれたのも彼女たちだし。

そう、いつだってみんなが僕に勇気をくれる。

僕が心配しているのはヴァクラースたちの強さだけでなく、人質のこともだ。

魔王軍《ヤツら》のことだ、正々堂々としたまともな戦いになるとは思えない。だから人質を取られる可能性を忘れたことはない。

そして、僕の中ではもう結論が出ている。

誰を人質に取られようとも、僕はけっして怯まないつもりだ――それがたとえ両親でも。

魔王軍をこの状況にまで追い詰めるのに、多大な犠牲や労力を費《つい》やしたんだ。何があろうとも、絶対にこの機会《チャンス》を無駄にはしない。

ひょっとしたら、誰も犠牲にしないで勝つことだって可能かもしれない。

でも、その最善を目指すための行動によって、逆に犠牲を増やしてしまうことは充分ある。

非情な魔王軍に弱みを見せるのは悪手《あくしゅ》だ。エーアストを奪還したとしても、魔王軍との戦いが終わるわけじゃない。

甘さはより多くの犠牲を出すことに繋がる。何をしても無駄だ、という意志を見せることこそが重要だと思ってる。

いろんな犠牲を無駄にしないためにも、明日は必ず勝つ！

そして翌日になり、僕たちは昼過ぎにエーアスト王都へと到着した。

約一年三ヶ月ぶりに帰ってきた故郷だけど、感傷《かんしょう》に浸《ひた》っているヒマはない。王都正門一帯を取り囲むように、総勢三万の騎兵隊を配置する。

ヴァクラースとの戦闘に彼らを巻き込むことのないよう、かなり距離は取った。連れてきた兵士たちは、あくまでも抑止力だからだ。

その近くには守護神のように、ゼインと破壊の天使《メタトロン》も佇《たたず》んでいる。

さて、魔王軍はどう出てくるかと、僕たちは王都正門を静かに窺う。

しばらくしてから現れたのは、フィーリアの父であるエーアスト国王と、『剣聖』イザヤ、『大賢者《だいけんじゃ》』テツルギ、『聖女』スミリス、そして僕の両親を連れたヴァクラースだった。

◇◇◇

ヴァクラースは、エーアスト国王とイザヤ、テツルギ、スミリス、僕の両親を連れて前に出てくる。

彼らは全員後ろ手に拘束されているようだった。

危惧《きぐ》していた通り、魔王軍は人質を取ってきた。もちろん、全員本物だ。

少し進んだところでヴァクラースは止まり、大声を上げる。

「よくぞ来た人間ども。お前たちのリーダーは誰だ？　『ユーリ』はいるのか？」

ヴァクラースに呼ばれ、今度は僕が前へ出る。

メジェールたちが心配そうに見つめていたけど、大丈夫だよと僕は目で返事をした。

「僕がユーリだ。久しぶりだなヴァクラース。僕を憶えているか？」

「おお、憶えているぞ。あのときの小僧が、よもやここまで邪魔な存在になろうとはな……ゴーグの言う通り、すぐに始末すべきだった。このオレとしたことが、かつてこれほど後悔したことはない」

「おかげでお前ともう一度戦うことができる」

「戦うだと？　お前にはこの人間たちが見えぬのか？　抵抗すれば王も親も殺す。さらにエーアストの国民も皆殺しにしてやる。お前はその全てを見捨てることができるのか？」

くっ、想定していた中でも最悪の展開だ。

でも……もちろん覚悟してきた。初めから犠牲なしで倒せるとも思っていない。

僕ができることは全てやった。僕なりに最善を尽くしたつもりだ。

それでも犠牲が出てしまうのなら……それは天意なのだと思ってる。

仮にヴァクラースに従ったとしても、本当に人質を助けてくれる保証はない。散々僕たちを嬲《なぶ》ったあと、結局全員殺される可能性のほうが高いだろう。

ここまで来た以上、たとえエーアストが焦土《しょうど》と化そうとも、ここでヴァクラースを討つ！

「ユーリ、あなたがこんなに成長するなんて……私たちのことはいいから、この男を倒し

てエーアストを救っておくれ！」

「そうだ、コイツが魔王軍の大将なんだろ？　国王陛下から全て聞いたよ。どうせこのままでも殺される。父さんたちのことは気にせず遠慮《えんりょ》なく戦え！」

「悪魔め、殺すならまずこのオレから殺せ！」

「少年よ、この老いぼれの命などいらぬ。世界を救うのだ！」

母さん、父さん、イザヤ……そして王様まで。

ふと後ろを振り返ると、フィーリアも頷いている。本当に強い少女だ。

王様のことについては、フィーリアとも話した。場合によっては救えないかもしれないと……

フィーリアは、父の……王の命よりも、一人でも多くの民を救ってほしいと言ってきた。

結局僕は誰も救えないかもしれない。

でも、だけど……最後に一つだけ、悪あがきをさせてもらう。

三万人の兵士たちは、抑止力の目的以外にも、歴史の証人という役目も担《にな》っている。この大勢の味方がいるからこそできる、僕の一世一代の駆け引きだ。

「ヴァクラースよ、僕はもう覚悟を決めてきた。何人でも好きに殺せばいい。ただ……お前は、いやお前たち悪魔はなんて情けない存在なんだ。こんな大勢が見ている前で、人質だと⁉　そうでもしないとこの僕に勝てないのか、この臆病者め！」

「………なんだと？」

「ここに集めた兵士たちは、ただ見ているだけだ。僕が一人で戦う。それでもお前は逃げるのか？　お前は魔王軍の総司令官なんだってな？　それがたった一人の人間とも戦えないなんて、全世界に笑われるぞ。この三万人の兵士たちがその証人だ」

僕を見下してあざ笑っていたヴァクラースが、急に静かになり、怒りに震えているように見える。

もう一押しだ。

「お前の手下たちは全部僕が倒した。殺し屋も神徒も悪魔も、そしてあの白幻騎士《ファントムナイト》も。あんなのが大悪魔なんだってな？　僕が十秒で真っ二つにしたぞ。だがヤツは正々堂々僕と戦った。人質なんか取って逃げてるお前は、あの無様《ぶざま》だった大悪魔どころか、子供にすら劣る小心者だ」

「小僧……調子に乗るなよ。本当に人質を殺すぞ」

「だから殺せばいい。お前はただ一人の人間相手に、人質を使ってまで逃げた悪魔として永劫《えいごう》に名が残るだろう。いや、それが正解だよ。僕と戦えば、お前なんて一分も生きていられないだろうからな。お前が崇拝する魔王とやらも大したことないに違いない。なんなら僕が代わりに魔王になってやろうか？　『魔王ユーリ』のほうが強そうだろ？」

「きっ貴様っ、魔王様のことを……」

「騎兵隊のみんな、もう帰っていいよ。この腰抜け悪魔は、僕が怖くて戦えないんだってさ。魔王軍ってのは、追い詰められたら人質を取るしかできない弱虫らしい。国に帰ったら、みんなでこの事実を広めてあげてよ。たった一人の人間相手に、人質取って震えてたってね」

ズドーーーーーーン！


ヴァクラースが何かの力を使ったようで、その前方の地面が大きく凹《へこ》んでいる。

そして表情からは完全に笑みが消え、もの凄い殺気を放っていた。

「生まれ出でて数千年、ここまで怒りと殺意を覚えたことはない。同胞を失った痛みをお前にも喰らわせてやろうと思ったが、オレとしたことが下らぬ策を……いいだろう、どうやってもオレには勝てぬ絶望を教えてやる。その後、瀕死で動けぬお前の目の前で、この場にいる全ての人間を殺してやろう」

ヴァクラースは人質たちを置いて、ズンズンと前に進み出る。

よし！　大成功だ！　僕はグッと拳を握った。

イチかバチかの賭けだったが、ただの幸運じゃない。殺し屋たちや神徒たち、大勢の悪魔、そして四騎士すらも全て倒し、エーアストを大軍で囲んで追い詰めたことがこの結果に繋がったと思ってる。

もし魔王軍が優勢だったら、僕の言葉もただの負け惜しみに取られてしまったかもしれない。圧倒的に人類優勢の今だからこそ、人質を盾に逃げていると言われてヴァクラースも黙っていられなかったんだ。

ヴァクラースにとってもう人質はどうでもいいようだ。

どんどん前へと進んできて、そして包囲の中央で歩みを止める。

周りは充分すぎるほどの広さがあり、ここで思う存分戦おうってワケだな。

「ユーリ、頑張って！」

「絶対に……勝ってね！」

「ンガーオ！」

みんなの声を背に聞きながら、僕もヴァクラースに向かって歩いていく。

作戦は上手くいった。あとは僕が倒すだけ。

緊張で手の平《ひら》にじわりと汗が滲《にじ》んでいく。

小細工はいらない、僕の持てる力を全て出すだけだ。

「小僧……いや、ユーリよ、お前はオレの真の姿で相手してやろう。光栄に思うがいい」

ヴァクラースはそう言うと、身につけた装備を破壊しながら巨大化していく。

凶悪なほどに筋肉が隆々《りゅうりゅう》とした巨腕と両足、生半可な攻撃などものともしないような硬質なボディ、紫を主体とした身体のところどころには、黒い筋《すじ》や模様が不気味に浮き上がっている。

頭部からは鉛色《なまりいろ》の角が三本伸び、黒と赤で構成された巨翼に両手には銀の爪、口は大きく前に突き出し、鋭い牙が不揃《ふぞろ》いにはみ出していた。

変身を終えたその姿は体長八メートルにもなり、全身から黒いオーラを噴き出し始める。

凄まじいまでの威圧感《いあつかん》……いや待て、この姿の悪魔を知っているぞ！

その力は魔王と間違われたほど強大で、その上凶暴《きょうぼう》で手に負えず、多大な犠牲を出して封印したという伝説の大悪魔グラシャラボラスだ！

あまりの強さに、伝説では『もう一人の魔王』とまで言われている存在だ。

悪魔の軍勢も持っていたらしいし、のちに魔王とは別個体と判明するまで、当時の人類は大いに混乱したらしい。なるほど、強いのも当然だ。

「どうした？　オレの真の姿を見て後悔しているのか？」

「いいや、デカさだけはいっちょ前だなとちょっと感心しただけだ」

「安心しろ、お前は両手両足をもいだあと、一番最後に殺してやる。仲間たちの絶望の悲鳴を聞かせたあとでな」

「気を遣《つか》ってくれてありがたいが、僕は手加減しないぞ。最初から全力でいく！」

「グフフ、好きにかかってこい」

「行くぞヴァクラース！　いや、魔王軍総司令官グラシャラボラスっ！」

……ここで僕は後悔することになる。

そんな、そんなバカなっ、こんなことって……⁉

こんなはずじゃ……ヴァクラースの力がこれほどとは！

この戦闘のために幾度となくシミュレーションしてきたことが、全て無駄となってしまった。

そう、まるで想定外のことが起こってしまったのだ…………………

ヴァクラースが即死しちゃった。

◇◇◇

「何が……起こったんだ？」

「魔王みたいなヤツがすぐ倒れたぞ⁉」

「いったいどういうことなんだ？」

遠巻きに見ていた兵士たちが、今の光景を見てざわついている。

そりゃそうだよな、巨大でとんでもない姿をした悪魔が、いきなり倒れちゃったんだから。

そう、宿敵ヴァクラースが、まさかの『呪王の死睨』で即死しちゃったのだ。

いや、絶対に効かないと思ってたけど、とりあえず、一応、念のために、やるだけやってみただけなんだよ。悪魔は『真理の天眼』でも能力が分かりづらいので、一つずつ効果を検証《けんしょう》していかなくちゃいけないし。

そして、即殺なんてやはり通じるわけないか、と確かめたあと、順番にほかの攻撃や効果を試してみて、効きそうなスキルを見つけたら臨機応変に強化していく作戦だったんだ。

ヴァクラースも、ひょっとして時間を止める能力があるかもしれないとか、様々なパターンを予測して警戒してた。何かあってもいきなりピンチにはならないように、間合いも慎重に調整しようと思ってた。

なのに、なんでいきなり死んじゃうんだよおおぉぉおぉぉ…………

まさか開始一秒で倒しちゃうなんて一ミリも思わなかったよ。

だって、『呪王の死睨』ってスキルレベル1だよ？　いくらレベルを上げても、相手が『即死無効』を持ってたらスケルトンにすら効かないと思って、あえてレベルを上げなかったのに。

てか、ヴァクラースのくせに『即死無効』持ってないの？

なんてこったい、こんなに弱いんだったら、もっと早く来れば良かった……

後悔というか、よく分からない感情が僕の全身を駆け巡っている。

ふとゆっくり後ろを振り返ってみると、みんなが呆然と立ち尽くしていた。

というより、少々呆れちゃっているような……

「あの……勝っちゃったみたいです」

変な沈黙に耐えられなくて、僕からみんなに声をかけてみた。

「ヒロ、お前ってヤツは…………」

あ、あれ、何そのヨシュアさんの反応？　ケットさんもどこか疲れた表情をしてるし。

メジェールなんかは、『やっぱり楽勝だったじゃないの！』という目で僕を見ている。

なんか僕がやらかしちゃったような雰囲気になってるけど、勝ったんだからいいんだよね？　僕おかしなコトしてないよね？

いや落ち着け、これは僕が成長したからこその結果なんだ。

焦ってもっと早めに乗り込んでたら、負けてたかもしれない未来だってあったはず……あったと思うよ？

とりあえず、エーアストの皆さん、助けるのが遅れて本当にすみませんでした……

「よもやグラシャラボラスが負けるとは……この目で見ても信じられませんね」

あっ、僕たちがざわついている間に、いつの間にか王都正門から黒い神父服を着た痩身《そうしん》の男……えっと、なんだっけ？　今ちょっとパニックになっちゃって、名前をド忘れしちゃった。

えっと、えっと…………………そうセケオス、じゃなくてセクエストロ枢機卿だ！

そのセクエストロが、王都正門から現れてゆっくりとこちらへ近付いてくる。

まさかの展開だったから、もう一人いたことをうっかり忘れてたよ。

そうだ、セクエストロはヴァクラースよりも強い可能性が高い。僕が今まで慎重に力を溜めていたことや、色々想定してきたシミュレーションは、けっして無駄じゃないはず！

セクエストロはそのまま歩き続け、僕の前までやってきた。

「此度《こたび》は百年も前から計画を進め、人間どもに反撃の余裕すら与えず殲滅する予定が、まさかこのような事態になるとは……」

「百年⁉　そんな前から準備していたのか！」

「魔王様のお力がまだ戻る前だったため、色々と苦労したのですよ。地上で動ける者は少数しかいませんでしたしね。ようやく全てが整い、あとは蹂躙するのみでした。それが、『勇者』でもないキミに邪魔されるとは……これも神の仕業であろうか。本当に憎《にく》い存在です」

神父の格好してるくせに、神様に文句言うなんてバチ当たりなヤツめ……って悪魔だもんな。

そうか、今回魔王軍の始動がやたら早かったのは、ずっと以前から準備していたからなのか。悪魔たちも毎回人類に負けているから、今回こそはと計画を練ったんだろうな。

「予定とはだいぶ違う状況になってしまいましたが、今の私なら一人で全てを破壊できるでしょう。かつてないほどに力が張っていますからね」

「セクエストロ枢機卿、あんたには一つだけ聞いておきたい。あんたが魔王の側近……『魔界四将』なのか？」

「ふむ、それくらいは教えてあげるとしますか。どうせキミたちはすぐに死んでしまいますからね。キミの言う通り、私は四魔将の一人です」

やはりそうなのか！

ヴァクラースよりも上位の悪魔……魔王の四天王！　ほかにも地上に出てきているのか⁉

「あんた以外にも魔将は出てきているのか？」

「おやおや、質問は一つだけのはずでしたよ。ウソつきの少年ですね。まあオマケで教えて差し上げましょう。今はまだ私だけです。ですが、いずれほかの魔将たちも地上へとやってきますよ。私よりも強い同胞がね」

コイツよりも強いだって？

ならセクエストロがどの程度の強さなのか、ここでしっかり見極めないとな。

……ヴァクラースみたく即死しちゃったらどうしよう……

すぐ死なれちゃったら、魔将の能力がどの程度なのか測れない。でも、『呪王の死睨』が効くかどうかは確かめないと……

僕の『真理の天眼』でも、さすがに魔将クラスになるとほとんど詳細は見通せないし。

今後のためにも、色々と効果の検証は必要だ。

では…………えいっ！

……………………………やった、セクエストロは即死しなかったぞ！

良かった……！

いや、これ喜ぶところじゃないのか!?　なんか混乱してるぞ僕!?

でもあっさり即死されちゃうと、能力が測れないのもさることながら、慎重になっていた今までが無駄だったような気がしちゃって悲しくなるんだよね。

いやもちろん、簡単に勝てるに越したことはないんだけど、なんかこう釈然《しゃくぜん》としないというかモヤモヤするというか……

慎重に力を溜めたからこそ、この状況にできたんだ……と思いたいです。

とりあえず、即死攻撃は通じなかった。

『呪王の死睨』を使ってみて分かったが、即殺できる手応えをまるで感じない。恐らく、セクエストロには『即死無効』があると思っていいだろう。

よって、『呪王の死睨』のレベルを上げるのは無駄だな。ほかのスキルで対抗しよう。

よし、ヴァクラースでやりたかった分析ができた。ここからが本番だ！

「では少年よ、殺し合いをするとしますか」

セクエストロが真の姿へと変身する。

身体がムクムクと巨大化し、肌はくすんだ青銅色へと変わり、手首と足首からは焦《こ》げ茶色の体毛がフサフサと伸びていく。

顔は人間に近い造形だが目の部分は空洞《くうどう》のように真っ黒で、頭髪のない頭から薄茶色の角が三本生えている。そして背には黒い翼がバサリと広がり、元の痩せた姿からは想像もつかないような、体長六メートルの悪魔となった。

体格は変身したヴァクラース——グラシャラボラスより一回り小さいが、四魔将の一人というだけあって、その威圧感はグラシャラボラスを遙かに超える。

なるほど、魔王の四天王と言われるだけのことはある。確かにこれはヴァクラース以上そしてこの外見から察するに、ゼインより強いという『始祖の竜』ではなさそうだ。

ヴァクラースのことで少し心が乱れてしまったが、この戦闘は気を引き締めないと！

3. 魔将の力

静かに佇んでいながらも、ビリビリとした殺気を放ち続けている青銅色の悪魔セクエストロ。

ただそこに立っているだけで凄まじいまでの重圧感だ。僕が戦ってきた中では間違いなく最強と感じる。

この魔将と全力で戦うには広さが少し足りないかもしれないので、万が一を考えて、周りの兵士たちにはさらに大きく下がってもらった。

これで戦闘前の準備は万端《ばんたん》。乱れていた心も落ち着き、しっかりと集中できる状態だ。

当初の予定通り、あまり手加減することなく積極的《せっきょくてき》に仕掛けていこう。

「いくぞセクエストロっ！」

「フフフ、私の真の名はネビロスと言います。この名を胸に刻《きざ》んで地獄へ行くと良いでしょう」

「わざわざ教えてくれてすまないな。じゃあネビロスいくぞ！」

まずは『念動力《サイコキネシス》』でネビロスの動きを封じてみようと思ったけど、まったく効果はなかった。

今の僕の『念動力《サイコキネシス》』ならドラゴンにすら通じるはずだけど、さすがにこの程度のスキルじゃダメか。

ならば！

「『超々潰圧陣《ギガトンプレス》』っ！」

僕は素早く詠唱して、『重力魔法』の上位魔法を放つ。

セクエストロ――魔将ネビロスの足元に超重力が発生し、その身をペチャンコに潰すはずが、これもまるで効いていないようだった。

完全には解析できないけど、熾光魔竜《ゼイン》と同じ『重力反射《グラビティリフレクター》』みたいな能力を持ってるみたいだな。

「なるほど、グラシャラボラスを一撃で殺した能力といい、キミには妙な力があるようですが、私には効きませんよ」

『呪王の死睨』、『念動力《サイコキネシス》』、『超々潰圧陣《ギガトンプレス》』を無効にするとは、やはり熾光魔竜《ゼイン》や暴食生命体《アベルピスィア》などと同格以上の存在らしいな。

「ユーリとやら、自分の身のほどを知りましたか？　では次は私から攻めさせていただきましょう」

ネビロスはそう言うと、両腕を大きく広げる。

すると、なんとその脇腹《わきばら》から、さらに二本の腕が生えてきたのだった！

計四本の腕となったネビロスは、まるで『瞬間移動《テレポート》』をしたかのように一瞬で僕との間合いを詰めてきた。そしてその手に伸びている硬質な爪で、僕をバラバラに斬り刻もうとする。

四本の腕から繰り出される容赦のない猛攻《もうこう》は、躱す隙など一切与えない死の斬撃だった。

しかし、動きを予測できる『超越者の目《デウスプレディクト》』と現象がゆっくりに見える『思考加速《スロービジョン》』を持つ僕は、その鋭い攻撃一つ一つを丁寧《ていねい》に避けていく。

まあ物理攻撃無効の『蜃気楼の騎士《ミラージュナイト》』もあるから、ネビロスの爪が僕に当たることはまずないけどね。でもどの程度の攻撃が自力じゃ躱せないのか限界を知りたかったので、手抜きしないでちゃんと見切ってみた。

この程度の攻撃なら全然問題ないな。

「バカな……私の四腕の爪を真正面《ましょうめん》から躱すなんて!?　今まで戦ってきた『勇者』ですら、距離を取って逃げたというのに」

「身のほどを知ったかい、ネビロス。こんな攻撃、腕が十本に増えたって僕には当たらないぞ」

「生意気な小僧ですね。では……『魔の王君臨せし地獄《ジュデッカ・ドミニオン》』！」

なんだ!?　ネビロスが術を発動すると、辺り一帯が赤黒い空間に包まれた。

かなり範囲が広く、遠くに離れている兵士たちまでまるごと覆っている。

これは……解析してみると、相手の能力を下げる結界だった。僕の持つ『支配せし王国《キングダム》』とほぼ同じで、僕の能力が二パーセントほど下がってる。

負の効果を九十九パーセントカットする『神盾の守護《イージスフィールド》』がなかったら、結構ヤバかったかも？

「いかがです？　これでもうキミは力を出すことができません」

「そうかな？　んじゃあ僕も攻撃させてもらうよ」

僕は超速行動できる『迅雷《じんらい》』で一気にネビロスへと飛び込み、四本の腕と首を斬り落とした。

妙にあっさりと決まっちゃったけど、こんなもんか？

頭部を失ったネビロスは棒立ちとなっている。が、その身体からはまだ生気が溢《あふ》れかえっていた。

「なんと……『魔の王君臨せし地獄《ジュデッカ・ドミニオン》』の効果領域内で、これほどの動きができるとは⁉　とても信じられませんが、私もこの程度では死ねない身体なのでね」

地面に落ちているネビロスの頭が、まるでダメージがないかのように言葉を発する。

いや、実際首を落とされてもコイツは全然平気なんだ！　斬られた腕も修復せずにそのままということは、再生能力とは別な能力っぽいけど、どういうことなんだコレ？

「私を斬ったことを後悔させてあげましょう。『不死鬼骸兵《ネクロデーモン》』よ、目の前の憎き人間を破壊しなさい」

ネビロスが命令を出すと、斬られて落ちていた腕がムクムクと膨らんで、四体の悪魔となって僕に襲いかかってきた。

それぞれの体長は二メートルほど。悪魔としては小柄とはいえ、その素早い動きとパワーは規格外《きかくがい》で、多分赤牙騎士《ブラッドナイト》や蒼妖騎士《ケイオスナイト》以上の強さはあるぞ。

しかし、この程度の攻撃なんて僕には通じない。簡単にその四体を斬り伏せる。

ところが、その斬った悪魔たちが分裂して、それぞれがまた二メートルの悪魔となった。

これで計八体。えっ、もしかして無限増殖《ぞうしょく》するの？

「ククク、『不死鬼骸兵《ネクロデーモン》』に埋もれて死になさい」

八体となったその『不死鬼骸兵《ネクロデーモン》』が、僕に向かっていっせいに突進してくる。

分かった！　これは物理攻撃に対して不死身どころか、そのダメージを吸収して際限《さいげん》なく分裂していくんだ。

つまり斬っちゃダメってことか。ならば……！

僕は襲いかかってきた『不死鬼骸兵《ネクロデーモン》』を、『瞬間移動《テレポート》』を使って間一髪で躱す。

そしてすぐさま『冥霊剣《エリュシオン》』の能力を発動させた。

「時の狭間《はざま》で眠れ！『冥界転葬《ハデスフューネラル》』っ！」

『冥霊剣《エリュシオン》』の能力によって、地に転がっているネビロスの頭や本体も含め、各個体を『次元壁』で囲んで閉じ込める。

　これなら分裂しないだろうし、全員一気に一掃できる！

　どうだ、ネビロスっ！　と思ったら……

「ほほう……次元技ですか？　こんな能力まで使えるとは驚きですが、しかしこの程度では封じられませんよ。『次元反転《アンチ・ディメンション》』！」

　えええっ、なんだそれ⁉

『次元壁』で捕らえて冥界へと転送するはずなのに、その『次元壁』を全て消されてしまった。

　解析してみると、何かの能力で次元の断層《だんそう》を中和されちゃったらしい。これは、仮に『冥霊剣《エリュシオン》』に込めるエネルギーを増やしたとしてもダメなようだ。

　魔将はそんな能力も持ってるのか⁉　くそ、手強い……！

「残念でしたねえ……では悪夢の続きです」

　未だ地面に転がったままのネビロスの頭が喋る。

　ネビロスの命令で、『不死鬼骸兵《ネクロデーモン》』八体がまた僕に向かって突進してきた。

　こんなのに付き合ってられないな。要するに、魔法で一気にやっつけちゃえばいいんだろ？

「雷界召喚、『鞭打つ神雷《テンペスト・ストライク》』っ！」

僕は素早く詠唱して『界域魔法《かいいき》』を撃ち放つ。

それによって、超電圧を持ったとてつもない雷光が降りそそぎ、ネビロスとその分裂体に直撃する。

レベル5の界域魔法だけにその威力はケタ外れで、『不死鬼骸兵《ネクロデーモン》』たちは完全に灼《や》け焦《こ》げて消滅した。

良かった、ちゃんとダメージ受けてくれて。魔法も効かなかったらどうしようかと思ったよ。

「今のは界域魔法ですか⁉　しかし、これほどの威力はかつて味わったことがありません。いったいどれほどのレベルなのか……」

『不死鬼骸兵《ネクロデーモン》』は消滅したけど、ネビロスの頭部と本体は耐えきったようだ。

ベースレベル2000の僕が放つレベル5の界域魔法を喰らって死ないどころか、ほとんどダメージがないとは……

さすが魔将、なんてしぶといヤツなんだ。

「キミはいったいどういう存在なのですか。『勇者』でもない人間が、これほどの力を持つとは信じ難《がた》いところです」

頭部と腕を失っていたネビロス本体が何やら力を入れると、肩の部分から両腕が生えてきた。

そして落ちていた頭部を拾い上げ、首元に付け直す。

「ですが私も今回は力があり余っています。まさに運命のイタズラ……それを呪いながら死になさい。『魔王の血の裁き《サタナス・プロイビーダ》』っ！」

ようやく最初の姿へと戻ったネビロスが、魔界の魔法を放ってきた。

すると、天空から巨大な黒い光——超高密度の暗黒エネルギー波が、僕目がけて落ちてくる。


ドオオオオオオオオオオン！


おっと、さすがにコレは凄い。今まではゼインの『殲滅光域《アナイアレーション》』が一番威力が高かったけど、アレよりも上だ。

まあ、あれから僕も相当パワーアップしてるし、この程度のダメージなら全然問題ないね。

「耐えたというのですか……私の最強魔法を!?　いや、それどころか、まるでダメージらしきものが見当たらないとは……！　私は今かつてない戦慄を覚えています。キミは過去のどの『勇者』たちよりも強き存在。仕方ありません、これは私の命を削る必要がありますね」

それはこっちのセリフだ。

即死も『重力魔法』も冥霊剣《エリュシオン》さえも効かず、首を斬り落としても、『界域魔法』でも死なないなんて、本当にタフなヤツだ。

ただ、ネビロスとここまで戦ってみて、確かにしぶとさは感じるけど怖さは感じない。

倒し方さえ見つければ勝てそうだ。油断は禁物だけどね。

「では私の禁呪《きんじゅ》を喰らうがいい。『神喰いの巨洞《メガロ・ケルドス》』っ！」

ネビロスが禁呪というのを発動すると、僕の足元に超巨大な魔法陣が現れ、そしてそれが巨大な穴へと変化した。

これは……次元の穴？　何かを召喚したのか⁉

「魔界に棲《す》む最強生物『虚無の妖蟲《アビスラーヴァ》』を喚び出しました。もはやキミに逃げ場はありません。私にこの禁呪を使わせたことを誇りに思いながら呑み込まれなさい」

直径百メートルにもなる次元の穴から出てきたのは、以前悪魔ヒムナーが召喚した『悪魔喰い《デーモンイーター》』に似ている環形動物だった。

しかし、外見はよく似ているが、大きさがケタ違いだ。

なんとこの『虚無の妖蟲《アビスラーヴァ》』という魔界生物は、胴の太さ十五メートル、体長は穴に隠れて分からないけど、地上に出ている部分だけで六十メートルくらいあるぞ⁉

多分全体では百メートル以上ありそうだ。それが四体もいる。

このノーマルドラゴンすら軽く一呑みできそうなほどの巨大生物が、その身体を激しくうねらせながら近付き、大きな口で僕を吸い込もうとした。

まるで奈落《ならく》に引きずり込まれるようななんとも凄い吸引力だけど、そう簡単に吸い込まれる僕ではない。

吸引が無駄と分かると、次は僕にかぶりつくように上から下から猛然《もうぜん》と飛びかかってきた。

黒い次元の穴を潜ったり出たりしながら、ところ狭しと暴れる『虚無の妖蟲《アビスラーヴァ》』。その荒れ狂った攻撃を避けつつ、どうすればいいか対策を考える。

この大きさでこの素早い動き、そして身体は超硬質な鱗《うろこ》に覆われているうえ、魔法耐性も相当強く、さらにこの魔界生物は『即死無効』も持ってるようだ。

まったく厄介な生物だなあ。

さすがの僕でも、この巨大な怪物を斬り刻むのは少し骨が折れそうだ。さてどうする？

……そうだ、僕にはあのスキルがあったじゃないか！

こんな相手にはまさにドンピシャなスキルを思い出し、急いで強化する。

よぉーし、いっくぞーっ！

「乱れ大次元斬、大回転竜巻流星斬り～っ！」

僕は経験値25億4000万使って『次元斬』をレベル8まで上げ、コマのように回転しながら『虚無の妖蟲《アビスラーヴァ》』を斬りまくる。

『次元斬』なら相手の硬さは関係ないし、しかもスキルレベルを大きく上げたことで、その刃もめっちゃ巨大になった。

この技で簡単に『虚無の妖蟲《アビスラーヴァ》』たちを小間《こま》切《ぎ》れにした。

「あ、あの『虚無の妖蟲《アビスラーヴァ》』が……あり得ない！　私が見ているこの光景……これは本当に現実なのか⁉　キミはいったい何者⁉　過去の大戦でも、いえ、魔界にもこんな存在はいません。ま、まさか……異界の魔神⁉」

うーん、お互い決め手に欠けちゃって膠着《こうちゃく》状態だな。首を斬られても平気なネビロスには、『次元斬』も通用しないし……。

さて、どうしようか。

暴食生命体《アベルビスィア》を倒した『異界無限黒洞《ブラックホール》』はどうかなと思いつつ、アレは周囲を巻き込む可能性があるのでなるべくなら使いたくないところ。『神遺魔法《ロストマジック》』の『分子破壊砲《ディストラクション・キャノン》』も同じで、かなり強力だけど使うのは最終手段だ。

ほかに何かいい手は……そうだ、『天使化《エンジェリック》』はどうだろう？

悪魔は天使の力に弱い。『天使化《これ》』を最大まで強化すれば、きっとネビロスを倒すカギも見つかるはず。

『天使化《エンジェリック》』は元クラスメイトのゲルマドから奪ったモノだからあとで返そうと思ってたんだけど、こういう状況となっては仕方ない。

ゲルマドすまない、この『天使化《エンジェリック》』は僕がもらった！

僕は『次元斬』を強化した残り経験値１０３億７０００万から１０２億２０００万使って、『天使化《エンジェリック》』をレベル10まで上げる。

すると、思わぬことが起こった。

なんとスキルが融合したのだ！　それも、最上位Ｖランクスキル『神盾の守護《イージスフィールド》』と！

まさか、『神盾の守護《イージスフィールド》』がさらに進化する⁉

融合してできたモノ——それは『神成化《テオーシス》』というＵランク称号だった！　頂点のＶランクを超えた、『究極の力《アルティメット》』という意味らしい。

解析してみると、無限に近い魔力になる上、全魔法の詠唱破棄《はき》も可能となり、そして魔法の威力も格段にアップするとのこと。

その代わり、物理攻撃ができなくなるようだが、魔法に関しては無敵すぎる！

もちろん、融合しても『神盾の守護《イージスフィールド》』の能力はそのままだ。

これならネビロスを倒せるに違いない！　僕は『神成化《テオーシス》』の力を解放した。

その瞬間、途方もない魔力が僕の全身を駆け巡る。これで僕は頭に思い描いた通りに、瞬時にあらゆる魔法を使うことができるようになった。

まるで息をするかのように、魔法が自在に操れる感じだ。

「な……何をしたのです？　キミの生命エネルギーが一気に数十倍にも膨れあがったような……？」

「終わりだネビロス。お前はもう僕には勝てない」

「……仕方ありませんね。私も覚悟を決めました。私の命に替えてもキミを始末します」

「できるかな？　では僕の魔法を喰らえっ！　獄界召喚《ごくかい》『渇望する深淵の餓獣《トロゴ・メギストス》』！」

『神成化《テオーシス》』状態の僕は、無詠唱で強力な界域魔法を撃ち放った。

直後、ネビロスを直径五十メートルほどの黒い球体が包み、そのままゆっくりと宙に浮き上がっていく。これは対象を閉じ込める結界で、『次元壁』とは違うから中和もできないだろう。

「こ、これは……なんという強力な結界！　くっ、こんなところに閉じ込めてどうするつもりです!?　この中で数十万度の炎を炸裂《さくれつ》させようと私は死にませんよ？」

確かに不死身の身体には手を焼かされた。でもさっきの『虚無の妖蟲《アビスラーヴァ》』がいいヒントになったよ。

そっちが魔界の怪物で来るなら、こっちは地獄の怪物で対抗してやる！

ほどなく、ネビロスを閉じ込めた結界の中に、丸い姿をした二メートルほどの生物が召喚された。『完全なる捕食獣《ランゴリアン》』という地獄の肉食獣だ。

手足がなく、身体――球体のほとんどが大きな口というのが特徴で、それが宙を飛びながらネビロスに襲いかかった。

「なんですか、この醜《みにく》い肉玉は？　この私がこんな小さな魔獣にやられるはず……な、なにっ⁉」

ネビロスは右手の鋭い爪で、飛びかかってくる『完全なる捕食獣《ランゴリアン》』を斬り裂こうとしたところ、その爪が腕ごと消失した。

そう、食べられちゃったのだ。

この『完全なる捕食獣《ランゴリアン》』という怪物は、その体内になんと『超重力球《マイクロ・ブラックホール》』というのを持っていて、口に入ったものは全て原子分解されてしまう……らしい。

まあ僕にはなんのことだかよく分からないんだけどさ。

さっきネビロスが喚び出した『虚無の妖蟲《アビスラーヴァ》』を見て思いついたんだよね。物理攻撃も魔法攻撃も効かないヤツは、何かに食べさせちゃえばいいんだと。

この『完全なる捕食獣《ランゴリアン》』は、石だろうと金属だろうと全て分解して食べてしまうので、ネビロスも対応には苦労するだろう。

「なんのこれしきっ！　この程度の魔獣など私の敵ではないっ！」

おっと、さすが魔将、失った腕をすぐに再生して『完全なる捕食獣《ランゴリアン》』を返り討ちにしてしまった。

なんでも食べるといっても、単純な戦闘力じゃネビロスには及ばないからな。

だが、ここからが本番だ。

「さあもっとおいで地獄の餓獣たち！　あの悪魔を食べ尽くすんだ！」

僕は追加で『完全なる捕食獣《ランゴリアン》』を召喚する。一体、二体、三体と次々に現れ、みるみるうちに数十体もの『完全なる捕食獣《ランゴリアン》』が結界内を埋め尽くした。

結界を安定させながらこの地獄の怪物を制御《せいぎょ》するのは難しく、通常喚び出せるのは一体で、僕の力をもってしても五、六体が限度。

しかし、『神成化《テオーシス》』の力を解放した僕なら、大量に召喚しても問題なかった。

「バカなっ、この私がこんな……！」

ネビロスは攻撃を加えつつ結界内を必死に動き回るが、四方を埋め尽くす『完全なる捕食獣《ランゴリアン》』から逃げ切ることはできず、次々に身体を囓《かじ》られていく。

それをすぐ再生して修復するけど、『完全なる捕食獣《ランゴリアン》』たちの食べるスピードには追いつかない。

「ぎいいいっ、こ、この私が、こんな低脳生物にいいいぃぃぃっ……！」

ネビロスは抵抗虚《むな》しく食い続けられ、残りは片腕と頭部だけ付いた上半身のみとなった。

それももはや風前《ふうぜん》の灯火《ともしび》となり、とうとう観念したネビロスが誰に向けたものでもない言葉をつぶやく。

「『勇者』以外にこのような存在がいるとは……これほどの力があれば、世界の破壊も思いのまま。それが何故人類などに……はっ、まさか、これが予言にあった真の魔王……⁉」

真の魔王？　なんだそれ⁉

いったいどういうことだ？

「ククク……そうか、ならば私の死も無駄ではないかもしれませんね。どのみちこの世界は終わりです。先に死界へ行って、この世界の破滅《はめつ》を待つとしましょう。さらば、人間たちよ！」

最後に頭だけとなったネビロスは、謎の言葉を残したあと、『完全なる捕食獣《ランゴリアン》』に食べられて消滅した……

◇◇◇

「ふん、ユーリめ、やはり邪魔な存在に成長しやがったな。すでに魔将すら敵じゃない

とは……」

ライフルスコープで戦いを見ていたゴーグがポツリと言葉を漏らす。

現在ゴーグ、ハイラス、ジャンギ、ウルシラの四人は、エーアスト王都より少し離れた山の中にいた。

別に魔王軍に加勢するためではなく、ただの興味本位だ。

魔将とユーリ、どちらが強いのか？

その戦いを見届けたあと、ゴーグはどこかへと歩き始める。それを追うハイラスたち。

「ユーリ、今のうちに平和を味わっておくがいいぜ。お前を倒すためにオレは帰ってくる。そのときこそ地獄の始まりだ」

ゴーグの静かなつぶやきをその場に残して、四人は森の奥に消えていった。

4．未来への希望

「ユーリ、やったわね！」

「さすがですわユーリ様！」

「ヒロ様、ご無事で本当に何よりです」

「ンンガーオ～ッ！」

魔将ネビロスが死んだのを見て、メジェール、フィーリア、アニスさんたちを先頭に、遠くで戦いを見守っていたみんながいっせいに僕のところに駆け寄ってきた。

そして真っ先に着いたルクが僕に抱きついてくる。

本当に、本当に長かった……

ヴァクラースに負け、危うく処刑されるところをなんとか脱出したものの、全世界から追われるお尋ね者の身となり、それでもみんなで協力しながら苦しい時間を乗り越えて、今ようやく悲願《ひがん》のエーアスト奪還を叶えることができた。

おっと、まだエーアスト国内の状況が分からないので、敵をキッチリ一掃するまでは気を緩《ゆる》めないようにしないと。

「ただ、アイツ最期《さいご》に変なこと言ってたな。『真の魔王』とかなんとか……？」

「オイラも聞いたぜ。アレってなんだったんだろうな？」

ヨシュアさんとケットさんの言う通り、僕も『真の魔王』という言葉が気になっていた。

予言にあった、なんて言ってたから、悪魔たちの間で伝わってる何かなんだろうけど……

いや、気にしていても仕方ない。変に惑わされず、これからも現れるであろう魔王軍をただ撃退していくだけだ。

……あれ⁉　なんか落ちてるぞ⁉

いつの間にか地面に金色《ゴールド》に光る金属らしき物体が落ちていた。

大きさは一メートルほど。湾曲《わんきょく》した幅広の剣というか、肉食獣の爪のような形というか……

落ちていた場所から推測するに、多分ネビロスが持っていたもの、もしくは身体の一部じゃないかと思うんだけど、『完全なる捕食獣《ランゴリアン》』に食べられずに残っていたのか。

鑑定《かんてい》してみると、なんと『魔王の爪』と出た！

これは……本物の魔王の爪なのか、それともそういう名の付いたモノなのか、解析ではちょっと分からない。

でも、恐らく本物の魔王の爪なような気がする。何かに役立てるため、配下の魔将に持たせていたのかもしれない。

この爪が何でできているのか、金属なのかどうかも分析できないけど、ただ硬すぎて『完全なる捕食獣《ランゴリアン》』が食べられなかったというわけではないらしい。

アレはなんでも分解しちゃう生物だからね。ということは、あの地獄の怪物ですら口に入れたくないようなものを感じたんだろう。

この『魔王の爪』をどうすべきか……処分したほうがいいのか考えていたところ、ふと素材として何かに使えるのか調べてみた。

すると、なんと『魔王の芽《デモンシード》』の除去薬を作ることができるようだった！

ひょっとして、この『魔王の爪』の力を利用して『魔王の芽《デモンシード》』を作っていたのかもしれない。

なんにせよ、これで『魔王の芽《デモンシード》』を取り除く薬が作れそうだ。解決法が見つからなかっただけに、本当に助かった。


「世紀の戦い、しかと見届けさせてもらったよ。まあ魔将とて君の相手にはならなかったようだがな」

「うむ、見事な一戦であった」

「エンギさん、ナダルさん！」

兵士たちと一緒にいたエンギさんたちも、僕たちのところへとやってきた。

その遠くにいる兵士たちだけど、魔将の討伐成功に喜んでいるというよりも、どうも反応に困っているというか、そっと周りを窺うかのように空気が重くなっているような気が……

「ああ、兵士たちの様子が気になるかい？　アレは今起こったことが信じられずに動揺してるだけさ」

「動揺⁉　じゃあ、また僕が怖がられて……？」

「そりゃあ当然だろう。あんな凄まじい戦いを見せつけられて、冷静でいろというほうが無理な話だ。君は気付いてなかっただろうが、あのドデカい魔界生物をバラバラにしたときは、悲鳴を上げて逃げていった兵士もいたからな」

「ええええっ⁉　そ、そんなっ⁉」

「いや、アレほど恐ろしい光景はなかったぞ。まさに世界を滅ぼすような怪物四体が、あっという間に粉々に散ったからな。このオレですら、ションベンちびりそうになったほどだ」

エンギさんの言葉に、メジェールたち周りのみんなもうんうんと頷いている。

それじゃ僕、また『魔王ユーリ』に逆戻りしちゃったの⁉

「ハハハ、安心してくれ。君が味方なのはもちろんみんな理解している。戦いがあまりにも凄すぎてビビってるだけさ。今は驚きすぎて絶句《ぜっく》しているが、君という心強い存在……いや希代《きたい》の英雄を心から歓迎しているよ」

「良かった……」

「おっと、ただこれほど派手にやらかしたんだ、とんでもない噂が立つことだけは覚悟しておいてくれよ。小柄な少年が世界を救った、なんて話としてもつまらんしな。勝手に派手な英雄像が作られちまうに違いないぜ」

「ま、まあそれくらいなら……」

周りの兵士たちに、僕がどんな姿で映っているのかちょっと気になるところだ。

「それと、これはオレからのお節介だが、ネネを大事にしてやってくれ。あまり愛嬌《あいきょう》のない女だが、根はとてもイイヤツだ。そんで、いい歳して未だに処女らし……」

ボゴオォッ！　ボグッ、ボグッ……！

「ほごうっ！　おげっ、ふがあっ」

ネネが顔を真っ赤にして、エンギさんをフルボッコにしている。

うん、今のはエンギさんが悪いな。止めないでおこう。

「ユーリってばあのネルネウスまで虜《とりこ》にしちゃうんだから、困った人だわ」

「まったく、本当に次から次へと女を惚れさせる男だぜ。ま、アタシもその一人なんだけどな」

シェナさん、マグナさんのベルニカ姉妹が、ネネにどつき回されているエンギさんを見て苦笑《にがわら》いをしている。

あの二人のやり取りは『ナンバーズ』にとっては日常の光景らしい。

「少年よ、本当によくやった……いや、少年などというのはもはや失礼だな。おぬしはもう立派な英雄だ」

「フォルスよ、だからオレが言ったであろう。ユーリがいれば魔王軍など恐るるに足らんと」

少し遅れて、フォルスさんとシャルフ王も肩を並べてやってきた。腐《くさ》れ縁《えん》と言うだけに、本当に仲が良さそうだな。

その後ろからイザヤ、テツルギ、スミリスの三人が、どことなくためらいがちに歩いてくるのが見える。

僕としても少し顔を合わせづらい気持ちはあるけど、無事エーアストを奪還したんだ。わだかまりを捨てて素直に喜び合いたい。

「ユーリ……すまなかった。お前の忠告を真摯《しんし》に聞いていれば、この戦いももっと楽になっただろう。全てオレの責任だ」

三人は僕の前に並んだあと、イザヤが代表して謝罪してきた。

「いや、いいんだ。それよりも、イザヤたちが無事で何より。ほかのクラスメイトたちもみんな無事だから安心して」

『魔王の芽《デモンシード》』さえ除去すれば、また元に戻るはず。次に魔王軍が現れたときは、クラスメイトたちも心強い戦力となってくれるだろう。

そう、ここから人類の逆襲《ぎゃくしゅう》が始まるんだ！

そして、僕たちの会話が終わるのを待って、父さんと母さんが来てくれた。

「ユーリ、よくやったぞ。それにしてもお前、ちょっと強すぎるんじゃないか？　父さん全然知らなかったぞ」

「まるでユーリじゃないみたいで、母さん夢でも見ているのかと思ったわよ」

「父さん、母さん、ずっと帰れなくてゴメン……無事で本当に良かった」

僕は両親と抱き合う。ふと横を見ると、フィーリアも王様の胸に顔を埋《うず》めている。

犠牲を覚悟して挑んだけど、結果的に誰一人傷つくことなく勝てた。

本当に、本当に運が良かった……神様に感謝します。

◇◇◇

そのあと、僕たちはエーアスト王都へと入り、魔王軍の残党狩りをすることに。

ヴァクラースたちを倒したことにより、洗脳されていた兵士たちは全て正常に戻っていたので、敵は配下の悪魔のみ。

ただ、僕たちが王城に着いたときには、その悪魔たちはすでに全員消えていた。

まさかヴァクラースとセクエストロが負けるとは思ってなかったようで、多分どうしていいか分からなかったんだろう。本部もそのまま、人質すら取らずに逃げだしたようだ。

まあ人質が通じないことはキッチリ見せつけたからね。取ったら逆にお荷物になるだけ。

そう考えて、できるだけ身軽な状態で逃げようと思ったんだろうけど、もちろんこの完全に包囲された状態から逃げられるはずはない。

悪魔の数もかなり少なかったので、あっけなく全員退治された。

道中で悪魔の大軍団を殲滅しただけに、多分残りの戦力は少ないだろうと踏んでいたけど、ここまであとがなかったとは……

だから人質のことを言われてヴァクラースも悔《くや》しかったんだろう。ヤツにも悪魔なりの矜持《きょうじ》があったということだ。

そういった意味では、ヤツが魔王軍の総司令官で良かったかもしれない。


無事残党もいなくなり、これで完全にエーアストを取り戻すことができた。

エーアスト内に限っていうと、魔王軍はその正体を隠して統治していたので、王都の犠牲者は驚くほど少なかった。

残念ながら殺されてしまった人もいるけど、魔王軍の本拠地にしてこの被害の少なさは僥倖《ぎょうこう》と言えるだろう。

そして、僕たちをこの王都から逃がすために、この敵地の中で孤軍奮闘《こぐんふんとう》してくれた王女護衛隊隊長のアイレ・ヴェーチェルさん。

ずっと心配だったんだけど、あのあともなんとかバレずに過ごしてこられたらしい。無事アイレさんと再会することもできた。

本当に長く苦しい戦いを終え、僕もみんなも安堵している。

もちろん、まだ魔王軍との戦いが終わったわけじゃない。魔王を討つまでは、けっして気を抜くことはできないだろう。

ただ、今だけはそれを忘れ、この平和なひとときに浸りたかった。


「ねえユーリ、戦いが一段落したんだから、やることあるわよね？」

メジェールがいつになくご機嫌な感じで話しかけてきた。

やること？　そりゃあまだまだいくらでもあるけど……？

「そうよユーリ、やるなら今よ！　私、ずっと待ってたんだから！」

リノがずっと待ってること？　それってなんだろう？

「ヒロ様、分かりませんか？　人生において一番幸せなことです」

一番幸せ？　一番かどうかは別として、今僕はとても幸せを感じてるけど？

「ダーリンは本当にニブいな。こういうことは男から言ってほしいものだぞ」

僕から言わなくちゃダメなことなの？　ますます分からなくなるな。

「かぁ～じれったいな。ユーリ、お前本当にこっち方面はダメなヤツだぜ」

「姉さん、でもユーリのそういうところが魅力《みりょく》でもあるわよ」

マグナさん、シェナさんまで⁉　『こっち方面』ってなんですか⁉

「ご主人様、ワタシはまあ奴隷《どれい》のままでもいいんデスが、でもやはり乙女《おとめ》の夢でもありマスから！」

乙女って、フラウはそんな歳じゃないだろ。四十歳だし。

「言っておくがみんな、オレが最初に約束してるんだからな！」

ソロルが最初……？　ちょっと待て、それって……

「ユーリ様、わたくしは初めて会ったときからずっと願っておりましたのよ？」

な、なんか分かってきたぞ。ひょっとしてみんなが言ってるのは……!?

「ああもういい、ワタシが言ってやろう！　ヒロよ、ワタシたちと結婚するのだ！」

やっぱりそれですかあああああああっ!?

ほかにもいっぱいやることあると思うんですけど!?

「とにかくそういうことよ！　エーアストを取り戻したんだから、みんなで結婚しよ！」

メジェールの言ってる理屈がよく分からないけど、それって今じゃないとダメなの？

それに、みんな・な・でっていうのは無理があるんじゃ……？

「私が一番長くユーリのこと好きなんだから！　ちっちゃい頃、ユーリに命を助けてもらったときからね！　だからお嫁さんにして！」

えっ、リノの命を救った？

…………ああ、そういえば助けたことあったかも？　言われてなんとなく思い出した。

でもそれって、もの凄い子供の頃だよ？　よくリノは憶えてたなあ。

え、待って、ルクが頭に花を付けてるけど、まさかルクもお嫁さんになりたいの？

「ンガーオ?」

多分セクシーっぽく鳴いてるつもりなんだろうけど、僕にはよく分からない。

あれ、アピまで物欲しそうな顔してるけど、まさか……？

「パぁパ、お腹すいた」

うんそうだね。アピはそうじゃないとね。ちょっと安心した。

どうしていいか僕が困っていると、みんながじりじりと迫ってきた。結婚なんて冗談っぽく言ってたけど、全員真剣な目だ。

考えてみれば、いつだってみんなは真剣に好意を向けてくれていた。それをズルくはぐらかしてきたのは僕だ。

ここで逃げるのは男じゃない。僕も覚悟を決めよう。

ううっ、なんかヴァクラースと戦ったときよりも緊張する……

僕は意を決して言葉を出す。

「ぼ、僕と結婚しよ……じゃない、みんな、僕と結婚してください」

「「「「「「「やったーっ！」」」」」」」

みんながいっせいに僕に抱きついてきた。

彼女たちには本当に敵わない。きっと僕は、これからも彼女たちに悩まされ続けるんだろうな。

でも、全員僕の大切な宝だ。敵は強大だけど、絶対に守り抜いてみせる。

……そう心に誓う僕だった。

あとがき

この度は、文庫版『無限のスキルゲッター！5　毎月レアスキルと大量経験値を貰っている僕は、異次元の強さで無双する』をお手に取っていただき、誠にありがとうございます。作者のまるずしです。

いよいよ最終巻となりましたが、またまた新しいヒロインが登場しました！　ロリばあ……ではなくロリ姉ちゃんといった感じのネルネウスと、不憫な少女エイミーです。

本編にも少し匂わせてあるものの、ネルネウスはのちに『眷女』になります。書籍版に出てきた『眷女』は六人ですが、最終的には九人いまして、残りの三人もメジェールたちに負けず劣らずの暴れん坊です。

エイミーとは寂しい別れ方をしました。しかし、女の子を悲しませたりしないユーリなら、必ずあとで彼女の想いも受け止めてくれるでしょう。

ハーレム小説らしく全員と幸せになる予定です。

そして宿敵ヴァクラースについて。読んで驚かれた方もいらっしゃると思いますが、あの勝ち方はページが足りないからの手抜きではなく、当初からの予定通りです。

ちなみに、ヴァクラースは実はめちゃめちゃ強いんです。それを証明するシーンは紙数の都合上カットになりましたが、超絶強いヴァクラースにユーリがどうやって戦いを挑むのだろう……とドキドキしてもらったうえで、あの倒し方、というオチだったんです。

因縁の対決はあんな決着だったので、その分セクエストロには頑張ってもらいました。ユーリ渾身のラストバトルを楽しんでいただけたら幸いです。

ゴーグとの対決を前に書籍版は完結となりましたが、自分としては大満足の終わり方でした。ラストシーンのイラストも最高です。Ｗｅｂ版には、書籍で未収録のエピソードや、書籍の続き～ラスト直前まで掲載してありますので、続きが気になる方は是非チェックしてみてくださいませ。さらに強力な敵たちもたくさん登場しますよ☆

最後になりますが、本作を刊行するにあたりご尽力《じんりょく》いただいた関係者の皆様、コミカライズを担当してくださっている海産物先生、そしてこの最終巻に至るまで数々の素晴らしいイラストを描いていただいた中西達哉先生に、心より感謝いたします。

『無限のスキルゲッター！』が皆様に愛されてくれることを祈りつつ、筆を置かせていただきます。

二〇二四年七月　まるずし

アルファライト文庫

この作品に対する皆様のご意見・ご感想をお待ちしております。

おハガキ・お手紙は以下の宛先にお送りください。

【宛先】

〒150-6019 東京都渋谷区恵比寿 4-20-3 恵比寿ｶﾞｰﾃﾞﾝﾌﾟﾚｲｽﾀﾜｰ 19F
（株）アルファポリス　書籍感想係

メールフォームでのご意見・ご感想は右のＱＲコードから、
あるいは以下のワードで検索をかけてください。

アルファポリス　書籍の感想　検索

ご感想はこちらから

本書は、2023 年 2 月当社より単行本として
刊行されたものを文庫化したものです。

無限《むげん》のスキルゲッター！ 5
毎月《まいつき》レアスキルと大量経験値《たいりょうけいけんち》を貰《もら》っている僕《ぼく》は、異次元《いじげん》の強《つよ》さで無双《むそう》する

まるずし

2024年 7月 31日初版発行

文庫編集－中野大樹／宮田可南子
編集長－太田鉄平
発行者－梶本雄介
発行所－株式会社アルファポリス
〒150-6019東京都渋谷区恵比寿4-20-3恵比寿ガーデンプレイスタワー19F
TEL 03-6277-1601（営業） 03-6277-1602（編集）
URL https://www.alphapolis.co.jp/
発売元－株式会社星雲社（共同出版社・流通責任出版社）
〒112-0005東京都文京区水道1-3-30
TEL 03-3868-3275
装丁・本文イラスト－中西達哉
文庫デザイン—AFTERGLOW
（レーベルフォーマットデザイン－ansyyqdesign）
印刷－中央精版印刷株式会社

価格はカバーに表示されてあります。

落丁乱丁の場合はアルファポリスまでご連絡ください。

送料は小社負担でお取り替えします。


ISBN978-4-434-34165-6 C0193